星間商事株式會社社史編纂室

三浦紫苑／著
王蘊潔／譯

星間商事株式會社社史編纂室

一、

八點十五分，整棟總公司大樓響起收音機體操的音樂聲，星間商事株式會社社史編纂室的早晨也拉開了序幕。

那天早晨播放的是「第二收音機體操」。

總務和會計這些事務部門，應該已經結束八點開始的小型會議，所有人都在認真地轉動手臂；實施彈性工時制的開發和營業部門辦公室內人影稀疏，音樂聲聽起來也格外空虛。

川田幸代抱著因為睡眠不足而脹痛不已的腦袋，趴在社史編纂室內的辦公桌上。後輩晃子站在旁邊的辦公桌前隨著音樂聲的節奏又蹦又跳。每次跳躍，她深藍色制服下的胸部就跟著搖晃起來。

「幸代姊，妳看起來超沒活力又沒幹勁。」

「晃子，妳的精力和幹勁真是多到不行……」

被分配到社史編纂室還幹勁十足的人才奇怪。辦公室內擺滿裝著資料的書架，這些書架擋住窗戶，所以室內光線昏暗，即使是天氣晴朗的大白天也要打開日光燈。地面到處剝落、天花板上的管線都裸露著，空氣中還總是帶著一股霉味。

明年就要退休的社史編纂室實質負責人——本間課長，今天早上又遲到了。比幸代早進公司兩年的前輩矢田信平一聽到收音機體操的音樂，就立刻說：「我去一下廁所。」然後便不見蹤影。至於室長，至今為止從來沒現過身，大家甚至不知道室長叫什麼名字，所以大家都稱他為「幽靈部長」。但幾乎每個月都會提到他一次。

「不知道幽靈部長對目前的進展有什麼感想？」

「鬼才知道。」

大概是這種在聊天時會稍微提到的程度。

而且，社史編纂室存在的意義也令人費解。

星間商事株式會社是一九四六年創立的一家中等規模商社，起初經營不動產，如今拓展業務，從開發健康器材到購物中心的企劃和裝潢都是業務範圍。一言以蔽之，就是「什麼都做，什麼都不奇怪」。

問題在於編纂社史這件事。既然是一九四六年創立的商社，照理說應該在一九九六年，紀念公司創立五十周年時發行社史。但那年泡沫經濟崩潰，景氣跌到谷底，根本無暇製作什麼社史。

「我想起一件事，我們商社好像沒有社史。」

雖然不知道是不是社長說了這句話，總之，在進入二十一世紀後，高層認為「應該編撰社史」。二〇〇六是公司成立六十周年，高層決定為了迎接六十大慶製作《星間商事株式會社六十年沿革》，本間課長立刻將本館大樓內的資料室打掃乾淨，社史編纂室終於在二〇〇三年誕生了。

但現在是二〇〇七年。去年舉行了公司成立六十周年大慶，所有員工都領到了祝賀用的紅白饅頭。但並沒有拿到社史。因為還沒編出來。

「太鬆懈了……」

幸代趴在辦公桌上呻吟道。

幸代當年在企劃部時，在工作上也是不落人後的狠角色，曾經做過郊區大型購物中心的案子。當時剛好搭上附近一帶的土地開發熱潮，那件案子相當成功。那個購物中心至今仍然是附近居民們平時購物的好去處，而每逢假日，就擠滿了從遠方特地開車前來的人潮。

幸代在工作上展現實力後，上司曾經問她，是否願意擔任類似企劃的負責人。但她態度堅決地一口回絕了。因為她從奔波數年的經驗中深刻體會到，在店鋪、當地政府、行政之間斡旋有多麼辛苦，而最大的原因，是因為她不希望工作剝奪她充分的私人時間。

幸代無意在工作上出人頭地。她只想踏實做好交付給自己的工作，領相應的薪水，晚上和週末絕對不加班。這才是她心目中的理想生活。

她戰戰兢兢地向上司表達了這個想法，上司對她說：「有個部門很適合妳。」

就這樣，她在去年被踢到社史編纂室。

矢田和晃子也同時加入了社編室。令人訝異的是，當幸代他們被調到這個部門時，社史的編纂作業幾乎毫無進展。難怪本間課長都快退休了，仍然只是個課長而已。他根本無意在公司六十周年大慶時完成社史的編纂工作，每天都吊兒郎當。公司方面似乎也不抱希望，充滿了「這是本間課長畢生的重要工作，只要能在他退休之前完成就好」的氛圍。

這個部門的工作的確很輕鬆。雖然很不起眼，但蒐集和調查資料的工作很適合自己，幸代甚至從中感受到樂趣。

只不過眼前這種課長不準時進公司、成為團隊工作核心的矢田又躲進廁所不出來的狀態，讓人無法苟同。幸代忘了自己也睡眠不足、照樣來公司上班這件事，不禁對現狀感到憂心。

晃子做完體操後，立刻在一旁的座位開始吃起零食。

「矢田先生還不回來啊。」

「砲王學長剛才從廁所傳了訊息給我，妳看！」

晃子出示手機畫面，螢幕上顯示著「我宿醉狂吐到不行~。妳先開始吧，幫我在川田面前掩飾一下」的內容。訊息中用了很多表情符號。

既然有力氣寫這種訊息，就該用毅力克服宿醉啊。

頭越來越痛，幸代按著太陽穴，開始在電腦中挑選要列印的資料。

「晃子啊，妳以後最好少說那種字眼喔。」

「哪種字眼？」

「嗯……砲王之類的。」

雖然辦公室裡沒有其他人，但幸代還是不自覺地壓低聲音。沒想到晃子卻豪放地大笑起來。

「幸代姊，妳真的好好笑！矢田學長真的是砲王啊！聽說當初和他有一腿的祕書是專董的情婦，所以他才會被踢到社編室。他昨晚八成又去參加聯誼，然後把女生打包回家了。」

「晃子，妳少囉嗦。小心我摸妳的咪咪。」

站在背後說話的不是別人，正是八卦的主角矢田。晃子仍然笑著說：「砲王學長，你這是性騷擾喔。」這種職場環境真的是有夠糟糕。幸代忍不住皺起眉頭。

「不瞞妳說，打包回家也就罷了，沒想到竟然硬不起來。唉，我真是大受打擊。是不是代表我老了？」

矢田在幸代對面的座位坐了下來，隔著一堆資料問她：「妳覺得呢？」

「我怎麼會知道這種事？」

「好冷漠啊。川田，妳和妳男朋友怎麼樣？」

「一如往常啊。」

「啊？幸代姊，妳的男朋友先生最近在家嗎？」

晃子插嘴問道。幸代用溫柔的語氣教導她：

「男朋友後面不需要再加先生這兩個字。」

「為什麼？」

因為聽起來很彆扭啊。幸代在心裡說道。男朋友的日文漢字「彼氏」中，「氏」已經是敬稱了，再加上「先生」，不是很奇怪嗎？就好像沒有人會說「川田氏小姐」一樣。

「我說川田啊，妳如果不把握現在、趕快結婚，小心男人會逃走喔。不要以為卵子和精子能夠永保年輕。這是我本月的座右銘。晃子，快記下來。」

「好！」

這個職場真的糟透了。

社史編纂室裡只聽到印表機吐出紙張的聲音、晃子吃零食的聲音和矢田的鼾聲。

值得慶幸的是，正因為是鬆懈的職場，所以沒有人知道幸代的興趣。

晃子和矢田出去吃午餐了，幸代正在偷偷使用社史編纂室的影印機，把混在資料中列印好的小說文稿雙面影印。

由於印表機是老舊的機種，所以沒有雙面影印的功能。幸代必須不斷確認頁數，在影印完一面後，再手動放進影印機的紙匣列印另外一面。這樣可以省下影印和紙張的費用。雖然不應該把公司的事務用品挪為私用，但反正並不是印很多，應該不會被發現。況且，因為小說內容的關係，她不希望在便利商店影印引人側目。

幸代在空無一人的社史編纂室內默默地忙著製作同人誌。為了配合五月舉行的同人展「超級動漫城[1]」，她打算像往年一樣製作一本印刷本[2]的同人誌和一本影印本[3]的個人誌。

印刷本的稿子已經送進印刷廠，其中有一部幸代的小說，一部小野實咲的小說，還有一部中井英里子的漫畫。幸代的小說是描寫上班族的原創系列作品，只要有大型同人展就會推出新作。目前已經有固定讀者群，每次印三十本，幾乎都可以銷售一空。雖然這樣不僅賺不到錢，扣除同人展的參加費用和印刷費用都入不敷出，但她和兩個高中時代的好友都樂在其中。

幸代這次的影印本寫的是系列作品的番外篇。之前看到辦公器材租賃公司的年輕男性到公司維修影印機時，突然有了靈感。對了！可以寫這種清新的陽光男孩和本間課長這種對機器束手無策的無趣中年男人墜入情網的故事。

有了靈感之後，敲打電腦鍵盤的雙手有如神助般欲罷不能。幸代昨晚熬夜寫完了整個故事。

幸代和兩個朋友組成的社團「月間企劃」，持續出版以「月間商事株式會社」為舞台，描寫上班族男性之間的戀愛故事。

公司上下當然沒有人知道幸代不欲人知的一面，也不知道她在黃金週、中元節假期和新年時從不外出旅行，而是去參加同人展和動漫市[4]。更不知道她大部分的私人時間都耗在製作和販賣同人誌、經營社團網站「月間企劃.net」，還有寄送通販的同人誌上。

她並不希望任何人知道。製作同人誌、參加同人展是她不為人知的生活樂趣，也是她生活的一部分。幸代從高中時代就開始寫小說，和朋友分享創作的樂趣，和其他志趣相投的社團成員進行交流。對她來說，這一切就像呼吸一樣自然，絲毫不認為這種行為需要任何解釋。

1：日文原名為「スーパーコミックシティ」，英文為「SUPER COMIC CITY」，一般以「SCC」簡稱。

2：印刷本為多人合版進印刷廠印刷，為較少量且能降低成本的作法。

3：影印本為用普通的家用影印機等自行印製、裝訂，是最陽春的作法，製作量更少，約為50冊左右。

4：日文原名為「コミックマーケット」，英文為「Comic Market」，簡稱為Comike（コミケ）、Comiket（コミケット）或CM。每年八月與十二月兩季在東京國際展示場舉行。八月舉行的Comic Market會簡稱為夏Comi（夏コミ），十二月舉行的則稱為冬Comi（冬コミ）。

隨著媒體開始關注女性的宅文化，有人擺出一副內行人的姿態高談闊論，但幾乎都是胡說八道。自己只是花費時間和金錢樂在其中，由不得旁人置喙。無論創作或是閱讀同人誌都是一件開心的事。幸代認為這樣的理由就夠充分了。

影印機順暢地運作，但在她把影印本封面的水藍色描圖紙放進去時，發出了「嘎答嘎答」的卡紙聲。幸代忍不住咂著嘴。描圖紙很容易卡紙，好不容易用家裡的電腦為小說的書名設計好漂亮的字體，如果不趕快修好，午休時間就要結束了。

她時而抽出紙匣、時而拆開影印機前的蓋子向機器裡頭張望，想趕快解決卡紙的問題。剛才影印好的小說內文散落一地。

啊！當她感覺不妙時，眼角瞥見一雙布滿灰塵的黑色皮鞋，乾瘦的手指撿起其中一張紙。

幸代趴在地上，誠惶誠恐地抬起頭。本間課長不發一語地看著幸代寫的文章。幸代發出「呃！」的一聲，卻卡在喉頭。時間好像停止了。

本間課長把撿起來的那張紙靜靜地放在影印機上。身材乾瘦，看起來很懦弱的本間課長戴著一副很不適合他的大眼鏡，一雙惺忪的眼睛難得炯炯有神。

「川田。」

本間課長開口。

「是……」

幸代站起身來。

「妳在寫小說嗎？」

幸代很想假裝沒聽到，但本間課長目不轉睛地抬頭看著她（因為本間課長很矮），她只能無可奈何地回答：「嗯，是啊。」

「河內幸是？」

本間課長指著皺成一團的描圖紙問道。那是幸代費了九牛二虎之力才從影印機裡抽出來的。

「我、我的筆名。」

幸代很擔心自己臉上噴出的火會啟動老舊的自動灑水系統。

「是喔。」本間課長若有所思，「寫同人誌啊。」

啊啊啊——！三個孟克《吶喊》畫中的人在她腦袋裡扭著身體。一切都完蛋了。雖然成功隱瞞到今天，但明天之後，公司上下的所有人都會背地裡對自己指指點點。

這下真的變成灰燼了。本間課長輕輕拍了拍已經燃燒殆盡的幸代肩膀，似乎在鼓勵她。

「別看我現在這樣，我在學生時代參加過文藝社，和其他人一起製作了同人誌，也想要寫出像《歷程》、《白痴群》那樣的同人誌。嗯、嗯。」

他似乎誤會了。幸代發出「喔」的一聲。

「但是川田啊，用公司的影印機要節制一點。今天的這些，我就睜一隻眼、閉一隻眼。」

本間課長真的閉上眼睛，搖搖晃晃地走向自己的座位。「別發呆了，趕快弄完吧。」

幸代接受了本間課長的好意，開始繼續製作影印本。得救了。她內心暗自慶幸著。

「啊？妳死定了！」手機中傳來實咲的尖叫聲，刺進幸代耳裡，「所以被發現了？」

「雖然被發現了，但他似乎以為是傳統的文藝同人誌，所以有驚無險。」

「是喔，那真是太好了。」

實咲在一家知名電器製造廠任職，她向公司同事、家人和交往中的男友隱瞞了自己的興趣。

「所以，妳的影印本可以順利發行嗎？」

「嗯。印刷廠那裡目前也沒有說什麼，所以印刷本應該也沒問題。」

「五月要出一本印刷本，還有妳我各出一本影印本嗎？太好了，太好了。」實咲心滿意足地說道，「我剛才去看了網站，英里子已經更新了要在超級動漫城推出新作品的消息。」

「喔，我也看到了。等一下再傳訊息謝謝她。」

「月間企劃」社團的另一名成員是已經有兩個孩子的家庭主婦英里子。幸代猜想英里子已經睡了，所以沒有打電話給她。

負責漫畫的英里子曾經抱怨：「最近我家的小鬼一直問我：『妳在畫什麼？』好煩喔。」當孩子漸漸懂事後，父母要隱瞞興趣並不是一件容易的事。英里子的丈夫看到妻子的書架上偷偷藏著同人誌、漫畫和小說，也都假裝沒看到。

「不知道這種興趣可以維持多久。」

實咲嘆著氣說道，她的嘆息中帶著興奮。

「英里子不是證明了即使結婚生子也欲罷不能嗎？」

「對啊，這就是所謂『只要一聽咳嗽聲，就知道是同人女』。」

實咲用自由俳句的方式表達感慨，「那當天就在攤位見囉。」說完後便掛了電話。實咲工作很忙，之前說過搞不好黃金週也要去公司加班，現在看來總算可以挪出時間了。太好了。幸代心想。三個人一起參加同人展、在攤位聊天、買其他同人組織的同人誌是無上的快樂。共同的興趣讓她們十五年來，始終是知己知彼的夥伴和朋友。

在公司影印好的文稿排放在家裡的地板上，幾乎沒有空隙。幸代樂不可支地開始對折。

「咦？妳又開始做宅宅書了？」

洗完澡的溝內洋平穿著睡衣，從廚房走了進來。

「嗯，配合五月出的新刊。」

「又是男人和男人打打抱抱啊……」

「要你管！」

她和洋平已經交往五年了，但實際在一起的時間只有三年左右。因為洋平在宅配公司打工，每次存夠了錢就出門旅行。有時在國內旅行，有時也會出國；有時一個星期就回家，有時將近一年杳無音訊。但每次都會回到幸代身邊，所以幸代覺得這也沒什麼不好。

最重要的是，他向來不干涉幸代的興趣。雖然剛才說什麼「打打抱抱」，但不會多問，也不會仔細看小說的內容，只是默默協助幸代製作影印本。

幸代和洋平默默地折紙、按照順序疊整齊，用釘書機在折痕處釘好，做成一本書。紙張摩擦的聲音。釘書機喀嚓、喀嚓的聲音。安靜的夜。遠處有車子經過。

起初幸代也向洋平隱瞞了製作同人誌的事。雖然她覺得突然出門旅行，然後帶一些石頭或是奇怪的木雕人偶回來的洋平很奇怪，但自己心裡也有鬼，所以向來不為這種事數落他，讓他有充分的自由。洋平似乎覺得這樣的關係很自在。

有一次，洋平毫無預警地旅行回家，看到屋子裡四處散亂著正做到一半的影印本。「完了。」幸代灰心地想，只好向他坦承自己是同人女，正在製作BL同人誌。洋平仍背著大背包，「喔」了一聲說：

「呃……這我是不太清楚啦。因為我基本上是運動型的人，大學也是登山社的。不過沒關係，妳快點繼續做吧。」

「可以嗎？」

「這不需要徵求我的同意吧？我想出門時就可以去旅行。幸代妳想要做的話，就可以做這種叫什麼同人誌的東西。不是一樣嗎？」

幸代鬆了一口氣，很慶幸自己和洋平這樣的人交往。

「不好意思，那可不可以請你幫忙？我快來不及了。」

她立刻叫剛回家的洋平幫忙折紙。

現在洋平已經可以俐落地製作影印本了。洋平曾經針對這件事對她說：「我也鬆了一口氣。」

「因為妳有時候會在星期天抱著一大包東西不知道去哪裡。我之前交往的女生都會對我說什麼『我們一起去玩嘛』或是『不要丟下我，自己一個人去旅行』。但妳卻完全不一樣，所以我一直覺得很納悶。」
幸代滿腦子都在思考寫同人誌的稿子和參加同人展的事，經常對洋平不聞不問。對討厭束縛和干涉的洋平來說，比較適合像幸代這種喜歡有獨處時間、投入自己興趣的女人；對幸代而言，洋平是如實貫徹「身強力壯、努力賺錢，經常不在家」的丈夫楷模（雖然他不是丈夫），完全不會讓人覺得厭煩，是可以保持適度距離的對象。
這就是所謂破鍋配爛蓋、臭魚配爛蝦。洋平解開了幸代的謎團，安心地繼續享受他的旅行，幸代也得以在洋平面前公開自己的興趣。
「實咲好像要和添田先生分手了。」
幸代將完成的影印本疊整齊時說道。
「為什麼？他們不是感情很好嗎？」
「是啊，但她工作很忙，假日想在家裡寫稿，所以沒什麼時間約會。添田先生好像因為這件事很生氣。」
「嗯。」洋平呻吟了一聲。
「我跟實咲說，『不如乾脆告訴他妳在忙同人活動的事』。這麼一來，添田先生就可以去她家裡，她也有時間寫稿。」
「嗯。」洋平再度發出呻吟，「這樣好嗎？有些人不見得能夠接受自己的女朋友津津有味地看BL的故事。」
「嗯，也對啦。」

幸代嘆了口氣。她曾經見過添田兩、三次，當然完全沒有在他面前表現出自己是同人女，而是以「我和實咲從高中開始，就是一起去遊樂園玩、一起去逛街買衣服的好朋友」的態度和他相處。添田雖然看起來人不錯，但不知道是否能夠理解專心投入同人活動的人。既然和他交往的實咲覺得「我覺得可能有問題」，也許就是這麼一回事。

「洋平，你為什麼能輕易地接受？」

「高中時，和我很好的女生是同人女，可能免疫了吧。」洋平說：「比方說，我一個人去山上，雖然很寂寞，但很開心。這種感覺妙不可言，喜歡某件事，非去做某件事不可的想法，是內心最重要的部分。」

幸代點了點頭。除非對方主動要求，否則就不要去觸碰對方內心寂寞卻開心的重要部分，因為還可以在其他部分產生交集。洋平想要表達的應該是這個意思。

「要不要睡了？」洋平問。「明天不是一大早又要去做收音機體操了？」

「社編室只有晃子會做收音機體操。」

她把影印本放進她取名為「行商袋」的大包包裡。裡面裝了為參加同人展所準備的同人誌和找零的錢。

「如果發生地震，妳應該會拿著行商袋就衝出去。」

洋平總是這麼調侃她。

他們把當作餐桌的矮桌推到房間角落，在榻榻米上鋪好兩床被子後鑽了進去。臨睡前，她用額頭在洋平的肩上磨蹭著。

「好了，好了，快睡吧。」

洋平笑著摸摸著幸代的頭。

那天早晨，晃子也活力充沛地又蹦又跳，幸代雖然跟不上節拍，但也轉動著手臂。難得準時進辦公室的矢田，正躺在社史編纂室角落那張已經褪了色的布沙發上。

「砲王學長，快來一起做體操啊！」

「不行——。我快吐了。」

「真是的！幸代姊，妳拉筋要更用力點。」

「晃子，妳的精力和幹勁真是多到不行……」

矢田和幸代的無精打采絲毫沒有影響到晃子，她活力十足地做著收音機體操。

「這個對減肥很有效果喔。」

但無論怎麼看，她的身材都屬於肉肉的那型。晃子坐下後開始擦指甲油。今天她好像要去聯誼，所以很努力地打扮自己。在更衣室看到她今天穿的便服，也是有很多縐褶花邊的款式。狹小的辦公室內瀰漫著有機溶劑的氣味，矢田在沙發上捂住了嘴。

這時，本間課長用力推開門，走進了辦公室。幸代忍不住看向牆上的圓形時鐘。上午八點半。到底發生了什麼事？黃金週之前天氣可能會有異常現象。

本間課長關上黃銅門把的木門，面對室內輕咳一聲。他似乎有話要說。所有人的視線都集中在站在門口的本間課長身上。

「川田，我說啊，」本間課長用嚴肅的口吻開口：「妳是不是就是所謂的腐女子？」

所有人的視線全都轉移到幸代身上。幸代覺得現在像是突然有個鐵盆砸到頭上那種老套的搞笑橋段，但仍然努力保持嚴肅的表情。

「課長，你突然說些什麼啊。」

「不。」

本間課長伸出雙手，好像幼稚園兒童在玩遊戲般頻頻搖晃著。「妳就別再隱瞞了，我去調查過了。」

「調查？去哪裡調查了什麼？」

「網路啊。」

本間課長一臉得意。他緩緩從西裝內側口袋拿出一張紙。那不是昨天在公司影印的稿子嗎？他什麼時候偷拿的？幸代知道自己現在臉色發白。

本間課長打開那張紙，感情充沛地開始朗讀幸代寫的小說。

「『野宮先生，請你告訴我，哪裡比較好？』」

「啊——！」

幸代的腦袋被一百個孟克《吶喊》畫作中的人塞爆。她猛然站起身，撲向本間課長，把紙搶了過來。

「川田，妳是腐女子。」

本間課長被幸代揪著衣領，再度強調這件事。幸代也豁出去了，心想著「我從來沒有自稱是腐女子」，但還是憤怒地大聲說道：

「是啊、是啊！我就是！我在做情色同人誌。這十年來，只要抽籤有抽中，都會去參加夏天和冬天的動漫市。怎樣？不行嗎？」

「腐女子是什麼？」

晃子眨著眼睛問。

「課長，一大早吵什麼啊。」

矢田從沙發上坐起身來。他原本就對幸代不感興趣，不管幸代是不是腐女子，他都無所謂。

「嗯，我現在正要解釋。」本間課長說：「川田，這不是什麼壞事，妳先坐下。」

在本間課長的催促下，幸代踉蹌地走回自己的座位坐了下來，心裡卻對著《小拳王》中的前拳擊手哀求。丹下大叔，拜託你趕快丟毛巾吧。

本間課長走到面對門口的桌子前，那裡算是上座，背後是窗戶，但因為窗戶被書架擋住，所以什麼都看不到。矢田也在幸代的對面坐了下來，資料山有一角坍塌了。矢田探出頭問：

「野宮先生是誰？是哪種類型的？不是有很多種類型嗎？」

幸代默默地重新堆好資料，在矢田面前築起一道牆。晃子這才察覺課長剛才朗讀的內容是什麼，在旁邊的座位上天真地說：

「喔，原來是同人誌。幸代姊，妳在寫同人誌！」

幸代不理會她。自己的臉頰發燙，明天恐怕不敢來上班了。

自從社史編纂室成立以來，晃子前面的座位都一直沒有人坐，如今變成已讀資料的墳墓。原本可能設定社史編纂室有五個人，但部長始終是幽靈，所以就多出一個空位，本間課長霸占了原本應該屬於部長的座位。

「根據我調查的結果，」本間課長巡視著三名下屬說道：「腐女子會活躍地寫小說、畫漫畫，製作成同人誌，在同人展之類的地方販售。川田，我沒說錯吧？」

「每個人的情況不同，但大致就是這樣。」

幸代自暴自棄地回答。

「在我瞭解情況之後，重新點燃了我年輕時的熱情。」本間課長說，「我們社史編纂室也要製作同人誌！」

「為什麼！」

幸代、晃子和矢田異口同聲地大叫起來。他們難得意見這麼一致。

「課長，我不懂這話是什麼意思。」

「我不會寫小說，也不會畫漫畫。」

「比起同人誌，不是應該先完成延宕已久的社史嗎？這裡可是社史編纂室啊！」

「別吵、別吵，因為你們太鬆懈了。」工作態度比任何人更鬆懈的本間課長說：「所以要藉由團結一致製作同人誌來提升活力，再把這股活力投入社史的編纂作業上。幸好我們部門有對製作同人誌很熟悉的腐女子川田，對吧？」

因為太突然了，三個人都目瞪口呆。本間課長不理會他們，再度把手伸進西裝內側口袋。

他又要拿出昨天偷拿的稿子嗎?幸代緊張得要命。但幸好不是。

本間課長從口袋裡拿出幾張稿紙。

「本人本間正出生於昭和二十三年(一九四八年)七月十日。聽說那一天,本所深川雲遮月,風吹花。趕來的接生婆也深感此夜非比尋常,身體忍不住顫抖。」

這個人在寫自傳!幸代隔著資料山,向矢田使了使眼色。

「這就是同人誌嗎?」

晃子滿臉訝異地問。幸代搖著頭回答說:「應該不是。」

「況且課長根本不是深川出生的,我記得是神奈川縣的厚木。」

矢田一語突破盲點,本間課長回答說:

「有什麼關係嘛,這是小說啊!冒險故事才正要開始。」

「課長是主人翁嗎?」

矢田在資料山另一側小聲揶揄道。晃子舉起手。

「故事會很長嗎?我原本打算上午去別館的資料室。」

「我只寫了五頁而已。」本間課長露出「為自己的無能深感羞愧」的表情說道:「我先說故事概要,就是本間正長大成人後,成為一位出色的年輕武士。」

「昭和二十三年出生的人成為武士?」

矢田問道。本間課長充耳不聞。

「當時,深川一帶流傳著奇怪的傳聞。有人囤積紙張。美女夜晚走在路上被人擄走。諸如此類的傳聞都有幕府陰謀的影子。本間正和他的夥伴阿幸、小晃和陳平一起展開調查。」
「是我們耶！」
晃子開心地笑了起來。
「我為什麼變成陳平了？」
矢田抗議道。幸代坐在辦公桌前，已經沒有力氣說話。
「沒想到就在這時，事態急轉直下！」
本間課長口沫橫飛地繼續說：「失蹤的美女竟然毫髮未傷地回來了。本間正還未採取行動，事件就解決了嗎!?但是，奇怪的是，有人看到和那個美女長得一模一樣的女人在前一天搭上前往異國的船隻。到底……」
「呃……」晃子打斷本間課長，「雖然很有趣，但我可以去拿資料了嗎？」
「我也是。」
幸代也站了起來。她想趕快逃離眼前令人坐立難安的氣氛。
「好，那就請你們期待我繼續寫完後續。」
本間課長很乾脆地點點頭，小心翼翼地折好稿紙，收回內側口袋。
「所以你們也要寫各自的作品，不管是詩、俳句、短歌或是小說都可以。由腐女子川田負責整理大家寫的內容。」
可不可以別這麼一臉得意地現學現賣剛學會的詞彙嗎？幸代沒有回答，走出社史編纂室。
晃子也跟在她的身後，找不到藉口離開的矢田露出怨恨的表情。

她們不想被正忙得不可開交的其他部門員工看到，便從後門走出去，過了狹窄的小路後走進別館。

別館是一棟冷清而昏暗大樓，目前當作倉庫使用。來到三樓深處的資料室之前，沒有在走廊上遇到任何人。腳步聲在天花板反射出回音。天黑之後，大家都不太敢來這裡。

「本間課長好像很開心。」晃子翻找著積滿灰塵的資料說道：「雖然是很奇怪的小說，但真希望他可以寫完。」

幸代以為她在挖苦課長，但發現她臉上帶著笑容。晃子的心地真善良，竟然稱之為「小說」。幸代受不了室內的霉味，只好打開窗戶。

「突然要製作什麼同人誌，簡直在惡搞。社史呢？社史要怎麼辦？」

「課長可能偶爾也想要放鬆一下。整天做可有可無的工作，有時候會覺得很有壓力。」

晃子雖然看起來傻傻的，但她剛進公司時被分發到營業部，好像也曾經參與和國外公司的談判。幸代沒有問她為什麼會被調來社史編纂室，晃子也沒有主動提起，每天做著收音機體操，吃著零食，腳踏實地蒐集資料。

以本間課長為首，社編室的所有人在上班時不都在放鬆嗎？幸代雖然這麼想，但也不是不能理解晃子的感受。

「課長自己寫小說對我們也沒什麼壞處，別管他就好。」

幸代說。晃子笑著點點頭。

警衛的腳步聲遠去，松永又說了一次。

「野宮先生，我喜歡你。」

「什麼……你在說什麼啊？」

野宮慌忙低頭看著桌子。資料已經完成了，也影印了足夠的數量、用釘書機釘好了。多虧深夜趕來維修的松永。

影印機突然壞了，野宮束手無策。松永安撫手足無措的野宮，俐落地拆下影印機的蓋子，檢查是否有接觸不良的狀況。當影印機順利開始運作時，還幫忙他影印完所有資料。

但是，野宮很後悔把松永找來。整個樓層已經沒有其他人，剛才警衛來看到正在加班的野宮，對他說了聲：「辛苦了。」早知道應該叫警衛留下來，一起喝杯茶，像平時一樣聊聊職棒。這麼一來，就不會發生像眼前這樣和松永獨處、令人坐立難安的狀況。

野宮胡亂翻著資料的手滲出汗。手心已經好久沒有流汗了。自從進入被歸類為「中年」也

二、

☆　☆　☆　☆　☆　☆

無法抵抗的年紀開始，肌膚就失去了滋潤。去超市買東西時，乾燥的手指也無法搓開塑膠袋，只能用隨身帶的溼毛巾稍微沾溼。學生時代時，無法理解老師在發考卷前舔一下手指的行為，如今終於瞭解了。

野宮老了。

皮膚乾燥。妻子離家。這些都是年輕時從來沒想過會發生在自己身上的事。最意想不到的是，竟然有比自己年輕三十歲的男人向自己表白。

松永站在影印機前看著野宮。野宮偷偷看著松永。松永的眼神中沒有調侃之色。

這個年輕人一定不曾因為手指乾燥而搓不開塑膠袋。也許他從來不去超市，都去便利超商買東西。當父母或上司問：「什麼時候結婚？」時，會回答：「不久的將來。」也應該曾經想像自己會在不久的將來結婚。

一切都是野宮曾經走過的路。松永太年輕了，還不曾擁有野宮以前曾經得到、又曾經失去的東西。

「你不要再捉弄我了。」

松永在這一刻是相當認真的。野宮雖然明白，但還是這麼說了。他只希望松永覺得自己明明沒有捉弄人、為什麼還要被懷疑，然後憤然離去。

野宮聽到嘆息聲，他鼓起勇氣抬起頭。松永抱著雙臂，靠在影印機上。他剛才脫下上衣，也解開了領帶，從微微敞開的襯衫領口露出的喉結處，肌膚光滑而充滿彈性。

「野宮先生，你真膽小。」

松永微微低頭喃喃說道：「只要你找我，我隨時可以趕到任何地方。就好像我剛才在檢查影印機一樣，好好檢查你的每一個角落。有沒有耗損的零件、紙張夠不夠？油墨的剩餘量和送紙功能是否完善？我希望每天、每天都可以確認。在把補充了紙張的紙匣塞回去時，也很想這樣溫柔地拍打你。」

「你是變態嗎？」

野宮聲音沙啞地問道。他越來越不敢正視來維修影印機的松永了。

「這只是打個比方而已。」松永笑了起來，「我問你，為什麼要害怕？何必去思考什麼時候會結束、什麼時候會失去這種事？」

「你太年輕了……」

「你不要用這種方式逃避我。」

松永看著野宮，直截了當地問：「野宮先生，我想知道你現在的想法。」

辦公室裡大部分的燈都關了，空間內很昏暗，但野宮覺得很眩目。野宮終於承認，自己不知道該如何逃避這份眩目。

☆　☆　☆　☆　☆　☆

「好了好了，不要再當著作者的面繼續看下去了啦。」

幸代從正在攤位內專心閱讀的實咲和英里子手上搶走自己的影印本同人誌。

五月在東京國際展示場舉行的超級動漫城，今年也盛況空前。為期兩天的展覽期間，有超過兩萬個攤位參加，參觀人數也很驚人。

現代化的國際展示場建在填海造陸地區，內部是宛如巨大倉庫的寬敞空間，這裡也經常舉行汽車和玩具的展示會。因為每年夏季和冬季舉行的動漫市等大規模同人展會在這裡舉行，所以幸代對這裡很熟悉。

超級動漫城可說是東京地區規模僅次於動漫市的同人展。放眼望去，宛如倉庫般的會場內整齊地排列著長桌子，每個同人組織都租用了半張或一張長桌作為自己的攤位，按照各自的想法裝飾後，把商品陳列在桌上。

按照分類，幸代他們的社團「月間企劃」屬於第一天的「創作・JUNE」，周圍也都是「創作・JUNE」的社團，相識的社團成員之間會聊天、分享食物。

幸代剛才去附近同人組織的攤位買完書，回到自己的攤位。「月間企劃」只申請了一個攤位，所以社團的成員幸代、實咲和英里子只能擠在半張長桌前，桌子前也只有兩張鐵管椅，她們三個人只好輪流去買書、和朋友打招呼。

幸代從實咲和英里子手上搶過這次新推出的影印本後，繞到長桌子內側。長桌基本上排成長方形，兩排長桌形成長邊，再由兩張長桌形成短邊。長方形內部的空間用來堆放社團成員的物品和商品的紙箱。參展的社團成員坐在鐵管椅上面對長桌和通道，也就是所有人都對著長方形的外側。整個倉庫內有無數個這樣的長方形。

幸代推開放在地上的物品，不時請其他參展社團成員挪一下椅子，在長方形內部往前走向實咲和英里子坐著的位置。今天從早晨忙到現在，很想坐下來休息一下。

三個人用社團入場券在九點進入會場後，分頭進行準備工作。把自己帶來的桌布鋪在半張長桌上，然後排放貼上價格標籤的同人誌。長桌子下方是印刷廠直接送來的新書。打開紙箱，一邊聞著油墨的味道，一邊檢查封面的顏色是否漂亮、是否有錯字。無論經歷多少次，新書捧在手上都是令人興奮的一刻。

把新書放在攤位上最顯眼的位置，準備好找零的錢，等待十點開場。當開場的廣播聲響起時，所有參展的社團成員都會鼓掌。幸代覺得這個習慣很有趣，也跟著一起鼓掌，這個儀式應該表達了這些志同道合的人聚在一起，希望展覽獲得成功的心情。鼓掌結束後，就會聽到參觀者湧入會場的腳步聲。

上午忙著招呼客人，中午過後終於稍微平靜了。通道上仍然擠滿了參觀的人潮。旁邊的社團剛好缺席，正午過後仍然不見人影。太幸運了。幸代把放在長桌上的印刷廠廣告單挪到一旁，打開折起的鐵管椅坐了下來。

「收獲大不大？」

英里子探出身體問道。

「嗯。」幸代把裝滿同人誌的紙袋塞在長桌下方，「不要趁沒有客人的時候看影印本。」

「為什麼？」

坐在幸代和英里子之間的實咲露出詭異的笑容。

「因為我會害羞啊！我各送妳們一本，回家之後再慢慢看嘛。」

「這次的內容也很有趣呢。」實咲翻著影印本說：「大叔是受君，年輕型男是攻君。對感情笨拙的傢伙。完全反映了幸代的喜好。」

「喜好真的會改變。」已經有一雙兒女的英里子感慨萬千地說：「幸代在高中的時候喜歡更有英雄氣慨男人，受君的角色也都很閃亮。不知道什麼時候開始，她筆下的受君都變成歷經滄桑的大叔了。」

「妳們吵死了。」

「她在真實生活中也喜歡這種人啊。」實咲笑得花枝亂顫，「她從學生時代開始，交往的對象都是沒有穩定工作，但生命力都像雜草般強韌的男人。」

「吵死了、吵死了啦。」

死黨不僅知道自己現實生活中喜歡的男人類型，就連創作時對男人喜好的改變也瞭若指掌，真是傷透腦筋。

「由大叔扮演受君的角色，到底是反映了怎樣的心境？」

「比起大嬸，幸代更像是大叔，她的心態根本是大叔啊。」

實咲和英里子不理會幸代的吶喊，繼續聊了起來。

「別聊這些了，吃飯的問題要怎麼解決？」

幸代強勢地改變話題。實咲和英里子都對「吃飯」這兩個字產生反應，異口同聲地回答：

「去吃樂樂亭啊！」

她們在展覽結束之前的三點半就提前撤退了。收起剩下的同人誌用宅配寄回家，再向周圍的其他同好打過招呼後，離開了會場。

臨海線上擠滿了拎著大包包和大紙袋的同好，在新木場轉地鐵後，這些人也漸漸散開，淹沒在人群中。幸代她們當然也帶著裝滿同人誌戰利品的沉重紙袋，但她們不會表現出自己是同人女，而是假裝成「充分享受血拼、玩樂的閨蜜」。

因為還不到晚餐時間，所以位在有樂町的中國餐館「樂樂亭」沒什麼客人。掀開紅色的布簾走進店內，一個大嬸面無表情地用下巴指向二樓。她們沿著狹窄的樓梯上樓，小心翼翼地走在油膩膩的地板上，在最深處的桌子旁坐下。

這幾年，每次參加完國際展示場舉行的動漫市後，都會來樂樂亭慶功。在顧攤位時只吃一些點心墊肚子，才能在結束時來樂樂亭大快朵頤。樂樂亭便宜又好吃，而且可以大聲說話，這裡的客人都不會在意其他客人在說什麼。

如果不看放在腳下的紙袋，幸代她們看起來就像是來有樂町的百貨公司逛街的年輕女生。順利結束動漫市參展工作的充實感，讓她們的皮膚看起來也格外有光澤，任誰也想不到英里子已經是兩個孩子的媽媽了。

用啤酒乾杯後，她們吃著三種菜色的冷盤拼盤。

「這次的銷量還不錯。」

「今天的收入應該夠付這一餐吧？」

「現在可不是鬆懈的時候，夏季動漫市很快就到了。」

她們盡情聊天、盡情吃喝。韭黃炒肉片、芙蓉蛋、煎餃接二連三地送上來。她們點了一整瓶紹興酒，話題聊到英里子的一對兒女。

「小夏不是讀幼稚園了嗎？以後做便當會很辛苦吧？」

幸代看著英里子的手機說道。螢幕上一對年幼的兄妹笑得很開心。

「那倒還好，」英里子搖著頭，「現在有賣很多種冷凍料理，所以不會太麻煩。只不過即使小夏去了幼稚園，小唯還在家裡，還是需要照顧她，根本沒有自由時間。真希望他們趕快到上小學的年紀。」

「今天他們怎麼辦？」

實咲問。

「我老公照顧他們。」

英里子回答。她老公雖然察覺到她「應該又在忙同人活動的事」，但什麼都沒說，在假日會幫忙照顧孩子。

「但是我要負責哄兩個小鬼上床睡覺，所以今天八點就要到家。」

英里子真的變成母親了。幸代再度想道。在英里子生孩子之前，她們每次都喝到末班車的時間。如今她的生活都以小孩子為中心，做完家事後，才投入自己喜愛的同人誌創作。

看到高中同學長大成人、升格為母親是一種奇妙的感覺。經過了許多事，有所改變和始終未變的部分在英里子身上保持著協調。看著這樣的英里子，幸代既感到羨慕，又有點不甘心。

我的未來該怎麼辦？幸代忍不住思考。有朝一日，會像英里子一樣結婚生子嗎？不，等一下，要和誰結婚？洋平嗎？如果嫁給他，恐怕必須持續工作。只有「像雜草一樣強韌的生命力」這個優點的洋平賺的錢，根本養不起孩子。

這麼一來，在生完孩子後也要繼續上班，還要抽空製作同人誌。現在就已經忙得焦頭爛額了，到那時候有辦法做到嗎？

幸代暗自嘆了口氣。說到底，魚和熊掌無法兼得。想和洋平在一起，目前還不想辭職，也想要繼續製作同人誌。洋平對結婚和生孩子都沒興趣，既然這樣，這兩件事只能以後再說。如果要追求像英里子那樣的生活，就得先找和洋平不同類型的男人。

「真不容易啊。」

幸代嘀咕道。實咲誤會了她的意思。

「不會啊，英里子的老公已經夠好了。」

當然啊。幸代完全無意批評朋友的另一半，因為她很怕別人以為自己沒有結婚（或結不了婚？），才會有這種酸葡萄心理。她的自尊心不允許別人對她產生這樣的誤會。雖然覺得提到「自尊心」這三個字，似乎就隱約看到了如泥沼般的自卑。但總之，既然是好友挑選的男人，當然一定是好男人。人往往希望從人性本善的角度看待事情。

幸代基於以上的想法，想要委婉地辯解時，實咲已經進入下一個話題。

「我就不行了。最近不太順利。」

幸代和英里子互看了一眼，用眼神相互推托。最後個性溫順文靜的英里子讓了步，開口問道：

「是和添田先生的事嗎？」

「嗯，不過一開始就覺得可能和他合不來。因為他至今為止參加過的社團，只有學生時代的網球社而已。是不是差太多了？」

實咲無奈地笑了笑。

「你們不是交往了兩年嗎？」

英里子偏著頭問道。順手把剛好送上來的什錦炒飯分裝在三個小盤子上。我很缺乏她這種貼心。幸代暗自反省，心存感激地接過盤子。

「為什麼現在才覺得合不來？」

沒有人能夠抵抗英里子的微笑。實咲遲疑了一下，終於開口。

「他問我要不要結婚。」

「啊！」

幸代忍不住大聲叫了起來，筷子不小心撥起飯粒。她邊整理散在桌上的飯粒邊問道：「然後呢？」

「我沒有明確答覆他。」

「為什麼？」

「因為顯然是以要我辭職為前提。他不久之後，就要被派到國外工作，但是……」

實咲用筷子攪動著炒飯。「我覺得很莫名其妙，我完全沒有要辭職的意思，為什麼他想要簡單地把事情定下來？是要表示『被派去海外工作太太當然要同行，所以希望妳辭職嫁給我。就這樣』的意思嗎？」

被她這麼一問，幸代不知道該怎麼回答。英里子也一臉擔心，但什麼話都沒說，只是把筷子拿起又放下。

「我也有自己的規劃和安排啊。不光是工作，還有同人展的事。」

怎麼可以把結婚和同人展放在天秤上衡量呢？幸代忍不住想道。不對，如果老公在婚前對我說什麼「結婚之後，就別再參加那些同人活動了」，我恐怕就不想嫁了。更不希望婚後整天提心吊膽，擔心自己的興趣會被人發現。

「你們要不要好好溝通一下？」

幸代說。

「和只參加過網球社的人沒什麼好談的，」實咲垂頭喪氣，又突然噗哧一聲笑了起來。「幸代，我真羨慕妳，和胸無大志的男朋友在一起很輕鬆吧？」

幸代立刻火冒三丈。對啦、對啦！洋平就是一把年紀還在過打工生活的浪蕩子，是連結婚的「結」字都從來沒提過的廢柴啦。

英里子可能敏感地察覺了幸代的怒氣，立刻在三個人的杯中倒了紹興酒。

「喝酒吧。」

看到英里子面帶笑容這麼說，幸代也不好再生氣，決定不理會實咲剛才的發言。

「他暗示結婚已經兩個月了，我猜他可能快忍無可忍了。」

實咲拿著酒杯嘆著氣。

她們聊了四個多小時，在七點左右離開樂樂亭。
實咲在有樂町車站搭地鐵，幸代和英里子則搭JR回家。
英里子在電車上對幸代說：
「妳不要把實咲說的話放在心上。」
「嗯。」
「她只是心情不好，並沒有惡意。」
「我知道，謝謝妳。」
玩累的一家老小和情侶靜靜地隨著電車晃動，窗外的天色已暗。幸代和英里子一起抓著吊環，看著車窗映照的朋友臉龐。英里子毫無醉意，看著車窗外飛逝而去的街燈。
「妳覺得該怎麼辦？」
幸代問。她們的眼神在車窗上交會。
「實咲的事嗎？」
「對啊。」
「我覺得妳說的很有道理，她應該試著繼續和添田先生溝通一下。因為結婚之後，就和談戀愛時不一樣了。如果缺乏溝通，可能撐不久。」
這番話出自英里子之口就變得很有說服力。但英里子和丈夫、孩子感情很好，她不需要外出工作，在興趣愛好方面也很充實。正因為她很幸福，所以才有資格談論溝通的重要性。也因此實咲才會暗諷幸代，而不會諷刺英里子。幸代這麼想道，但同時又厭惡有這種想法的自己。

「那改天見囉。」

笑著向英里子道別後，幸代仍鬱鬱寡歡。這才想起今天忘了把社史編纂室要製作同人誌的事告訴實咲和英里子了。算了，今天的氣氛不適合聊這件事，而且本間課長只是心血來潮，根本不需要找她們兩個人討論這件事。

幸代突然覺得好寂寞。

她總算在紙袋無法承受書的重量撐破之前回到家裡。洋平不在家。幸代，真羨慕妳。她的耳邊響起實咲的聲音。即使是不打一聲招呼就出門旅行的男人也值得羨慕嗎？幸代沖過澡，鋪好兩床被子。

有時候她覺得自己像和風一起生活。雖然是不會令人感到不安的柔和微風，但畢竟是風，吹完就走了，不留下任何痕跡。和吹倒一切，大肆破壞的狂風相比，到底哪一種更殘酷？

幸代躺在自己的被褥上，把買來的同人誌排在洋平的被子上，一本一本仔細翻閱。玄關響起打開門鎖的聲音，洋平回來之後，她仍然繼續翻閱著。

洋平今天去宅配公司打工了。他在浴室沖去一身汗水後，站在被同人誌霸占的被褥旁。

「我要睡哪裡？」

「隨便……」

幸代心不在焉地回答。洋平拾起同人誌，整齊地堆到幸代枕邊，然後掀開被子躺了下來。他沒打招呼，就用遙控器關掉房間的燈。幸代輕輕踹向他的腰。燈又亮了。洋平看到在黑暗中仍然保持著看同人誌姿勢的幸代，搖了搖頭說：

「妳真幸福。」
「有什麼問題嗎？」
「沒有。我求之不得啊。」

三、

星間商事的社史編纂室裡完全感受不到黃金週的餘韻。無論有沒有放連假，這裡的氣氛永遠都很鬆懈。

這是每個月一次社編室報告會的日子。正午過後，所有成員（除了幽靈部長）都聚集在社編室內，報告一個月來的作業進度，並討論工作分配。美其名為「討論工作分配」，其實是相互推辭公司變化大的時期和需要去向相關人員進行確認調查的那些麻煩年度。

「好，那就請川田先報告。」

本間課長用指甲銼刀銼著指甲，發出了指示。他似乎在針對大叔發行的雜誌上，看到「能幹的男人如何打扮自己」的特輯。他以為自己是英國貴族嗎？幸代忍不住皺起眉頭。

矢田和晃子對本間課長很寬容。

「我也很注意保養自己的手指。」

矢田伸出右手的食指和中指，猥褻地動了起來。

晃子扭著身體說：「呀——！砲王學長，你真是太讚了。」

無論聊什麼話題，最後都會扯到下半身。幸代嘆了一口氣，確認本間課長的指甲屑沒有飛過來後，翻開了資料。

「石油危機時期的資料幾乎都找齊了，文章也快完成了。關於星間商事成立初期的情況，已經對照名冊，找到幾個願意聊聊的退休員工。」

「那些人都已經很老了吧？」矢田隔著資料堆，在對面的座位上探出頭，「如果不趕快，恐怕就永遠問不到了。」

這真是太失禮了。幸代暗想。

「對，要和時間賽跑。」本間課長很乾脆地同意了他的意見，「趕快預約面談的時間，去向他們瞭解情況。」

「好。」

「矢田，你那裡的情況怎麼樣？」

「我嘛，」堆在桌子上的資料倒了。矢田抽出他要的那份資料，大言不慚地說：「毫無進展。」

「你每次都沒有進展！」

幸代火冒三丈，晃子拿出零食說：「幸代姊，別生氣了，要不要吃巧克力？」

「因為我負責泡沫經濟崩潰那種經濟不景氣的時期，大家都不太願意提啊。最近我只要一去開發部，他們就用碎紙機裡的紙屑丟我。」

「那是因為你問話的方式有問題，」幸代憤然剝開包著巧克力的銀箔紙，「那段時間是開發部的黑暗時期。」

晃子露出同情的表情。

「總之，要加油啊。」

本間課長事不關己地說完，放下了銼刀。「晃子呢？」

「高度經濟成長時期的資料很齊全，進展也很順利，只不過……」

「嗯？」

「不，沒事。」晃子露出笑容，搖了搖頭，「我會繼續努力。」

「很好，很好。」本間課長滿意地看著三名下屬，「繼續保持下去。」

「好。」

矢田和晃子同時回答。幸代雖然納悶，繼續保持這種進度沒問題嗎？但也跟著點了點頭。

「還有一件事，」本間課長在椅子上坐直了身體，「各位的同人誌進展如何？連假期間有沒有寫？」

他是認真的嗎？幸代大驚失色，悄悄觀察了矢田和晃子的反應。矢田心虛地看著天花板，好像事不關己。晃子可愛地縮著身體說：

「我不是很瞭解寫小說的方法。」

「這怎麼行！」

本間課長從公事包裡拿出一疊稿紙。他寫了那麼多嗎？幸代嚇了一跳，幸好並不是她想的那樣。課長把空白的稿紙分成三等分，交給幸代和其他人。

「你們就寫在這上面吧。」

仔細一看，稿紙的角落印著「星間商事株式會社」幾個字。稿紙本身已經泛黃，但深藍色的框線很漂亮。不知道他是從哪裡挖出來的。話說回來，都什麼年代了，還要用稿紙寫稿嗎？幸代覺得有點困惑，但還是說了聲：「謝謝。」把稿紙塞進抽屜，內心盤算著有沒有什麼方法可以避免製作社編室的同人誌。

「你們沒時間悠哉了，」本間課長激勵道，「黃金週一過，中元節就在眼前。離參加動漫市的日子不遠了！」

他似乎逐漸瞭解了同人展的相關資訊，但幸代暗自納悶。

「請等一下，課長，你已經報名參加夏季動漫市了嗎？」

「沒有啊。」

「那就不能擺攤啊。」

「需要事先預約嗎？川田，那這件事就交給妳了。」

「不行，夏季動漫市的報名日期早就截止了，差不多快公布抽籤結果了。」

「怎麼會這樣！」本間課長難得大聲說話，「竟然還要抽籤！我的籤運向來很差。」

「每次報名的社團中，有三分之一到一半都無法抽中喔。」

「是喔！」晃子語帶佩服地說：「原來這麼受歡迎，沒想到有這麼多人製作同人誌。」

幸代告訴她，除了同人誌以外，展場也會販售手工製作的商品和遊戲。晃子「喔」聲連連。矢田似乎在桌子前坐膩了，所以移動到角落的沙發上。

「社史編纂室原本打算參加夏季動漫市的說。」

本間課長一臉沮喪，抱著手臂偏著頭，似乎在為破碎的夢想感到惋惜。

「對了！」他突然把身體探向幸代的方向，「川田，妳是不是已經報名了？」

「還不知道有沒有抽中。」

「那就讓社編室搭一下便車吧。」

「為什麼？」幸代大叫起來，「我拒絕。」

「妳也太那個了。」本間課長垂頭喪氣，「那我們該怎麼辦？照這樣下去，永遠都沒辦法參加同人展了。」

那就別參加啊。這裡是社史編纂室，該製作的是社史，而不是同人誌。幸代覺得頭痛了起來，但看到本間課長露出求助的眼神，便心軟地說：

「好吧，那下一次冬季動漫市時，我同時為社編室申請一個攤位。如果抽中的話，就去參加冬季動漫市。」

「太好了！」

本間課長說道。晃子也跟著舉起拿著餅乾棒的雙手。矢田竟然當著上司的面，大膽地在沙發上打起瞌睡來。

即使報名參加動漫市，抽中的機率也不高。晃子和矢田意興闌珊，就連本間課長的熱情能夠持續多久也是一個問題。

這個計畫絕對會無疾而終。幸代如此做出判斷，但還是假裝願意提供協助。

幸代忙了整整一個星期。

星間商事株式會社創立時的員工，即使當時是剛從大學畢業的畢業生，現在也幾乎都八十多歲了。去這些退休員工家裡拜訪時，有的在家人的攙扶下坐在床上，即使遇到可用精神矍鑠形容的老人，他們的脾氣往往很古怪，想要從他們嘴裡問出當時的情況並非易事。

這些人都曾經在戰後的高度經濟成長期活躍於企業的第一線，一旦回想起往事，眼中都閃爍著光芒。幸代覺得，那是一個充滿夢想的時代，許多人帶著讓生活更富足這個希望，在職場上並肩奮戰。

拜訪了幾個人後，幸代發現一個現象。

這些老人都不太願意談及戰爭期間的事。因為這是星間商事創立之前的個人私事，除非和進公司的原因有關，否則幸代也不會多問。只覺得無論經過多久，都無法消除戰爭在人心中留下的陰影。

還有另一個大家都不願多提的時期。那是一九五〇年代後半期，正值高度經濟成長的時期，這個時期的事就必須詳細打聽了。星間商事也和其他公司一樣，在高度經濟成長期茁壯成長，和其他更大的商社合作或是競爭，在海外拓展業務。

社史上必須詳細記錄當時是如何創造向海外發展的契機，又是採取了怎樣的戰略，推動了哪些業務。幸代預習相關資料，重複聽取採訪那些老人的內容，然後再比對資料，試圖逼近核心，但仍然覺得抓不到頭緒。

「那是個不顧一切向前衝的年代。」

在公司創立第四年，大學畢業後就進入公司的熊井昭介說。熊井一直都在營業部門工作，最後升上常務董事，在泡沫經濟時期退休。之後在關係企業的企劃公司擔任社長，目前過著輕鬆自在的退休生活。他的人生很完美。連年金都不知道是否能領到的幸代只能對他投以羨慕的眼神。如果繼續留在社史編纂室，這輩子都不可能當上董事。

熊井看起來雍容大度，說話語氣溫和，還不時和幸代閒聊。「川田小姐，妳還沒結婚嗎？要不要介紹我孫子給妳認識？」但是，當幸代問及高度經濟成長的契機時，他也以「不顧一切向前衝」概而括之，之後不時以「我可以去倒杯咖啡嗎？」、「不好意思，最近很頻尿」之類的藉口岔開話題。

太奇怪了。

幸代暗自把這些老人不願多提的一九五〇年代後半時期稱為「高度經濟成長期黑洞」。那天和晃子在公司附近的咖啡店吃午餐時，幸代向她說明了「高度經濟成長期黑洞」的事，徵詢她的意見。

坐在露天座位的晃子靈巧地用叉子捲起義大利麵，默默聽她說話。

「所以，只有那段時期還是空白。我負責的部分是向退休員工聽取公司創立時的情況，其實大可不必理會『高度經濟成長期黑洞』……」

晃子吃完義大利麵後喝了水，仍然不發一語。因為她完全沒有反應，幸代擔心她是不是血糖太低了。

「幸代姊，」過了一會兒，晃子一臉嚴肅地開口，「我就是負責高度經濟成長時期啊。我在調查之後，也和妳一樣遇到了黑洞。」

「五〇年代後半期嗎？」

「對，公司現有的資料中，那個時期的相關內容特別少。」

「太奇怪了，照理說應該有很多拓展事業的豐功偉績才對啊。」

晃子嘴巴周圍都是茄汁義大利麵的醬汁，簡直就像個小孩子。幸代不知道該不該告訴她，晃子張開沾滿醬汁的嘴，壓低聲音說：

「如果是豐功偉績，我倒是聽說過。」

「從哪裡聽說的？」

幸代無法不在意，因為晃子的嘴巴簡直就像怪物Q太郎[5]。

「營業部至今都流傳著當年的傳說，據說星間能有今天，都是因為營業部門在高度經濟成長期立下了汗馬功勞，所以他們要求現在的年輕業務員也要採取強硬的手段。」

五月清新的陽光突然被雲擋住了。幸代吞了吞口水。

「呃……晃子，」

「嗯？」

「嘴邊有醬汁。」

「啊喲。」

晃子就像妖怪化貓一樣，舌頭在嘴巴周圍舔了一圈。

「對不起，打斷妳說話。」幸代向她道歉，然後追問說：「然後呢？營業部當年用了什麼強硬的手段立下功勞？」

「具體情況就不太清楚了，只是讓人感受到那個光輝時代的傳說。」

我說妳啊。幸代頓時洩了氣，努力忍住才沒有露出失望的表情。

「總之，必須徹底調查五〇年代後半期的情況。」晃子握緊拳頭，「否則就無法出色地完成星間商事的社史。為了完成任務，我們要繼續調查下去！」

幸代對晃子的積極態度感到訝異。

「好、好啊！就這麼辦。」

幸代和晃子約定，以後隨時交流掌握的消息。這時，在公園吃完便當的矢田剛好經過。

「啊喲，兩位真是小富婆啊，下次請客。」

幸代不理會矢田，晃子和矢田討論起聯誼的行程。這種消息不需要交流。他們不理會默不作聲的幸代，打開手機，確認彼此的聯誼行程。

「是下星期四。」

「喔，我有空啊。」

5：藤子・F・不二雄和藤子不二雄A早期合作作品中的主角。外表是白色的，有著醒目的粉紅厚嘴唇。

「太好了，那就拜託了，最好再找一個人。」
晃子和矢田同時看向幸代。
「我才不去參加什麼聯誼。」
幸代連忙說。
「偶爾去一次沒關係啦！幸代姊，去吧、去吧。」
「是啊！我們不會提到妳的特殊興趣。事到如今，川田也可以啦。」
什麼叫特殊興趣？也可以啦又是什麼意思？幸代拚命抵抗，「我有男朋友了，對這種事也沒興趣。」但矢田用原子筆在她手背上大大地寫了「週四、聯誼」幾個字。筆尖幾乎要插進她的皮膚裡。
「對了，我寫了一首短歌。」
矢田終於鬆開幸代的手，一臉得意地操作著手機。「課長不是很投入嗎？我覺得偶爾也要討好一下上司。」
幸代對著疼痛的手背吹氣。討好即將退休的社編室上司也沒什麼好處。幸代向來覺得矢田腦筋不靈光，卻是個不惹人討厭的笨蛋，所以和晃子一起探頭看向矢田出示的手機螢幕說：
「給我看看。」
「縱在千早振　神代大刀未能伏　女子為之泣　吾之摩羅勝古今。」
「無恥。」
幸代罵道。

「啊？我不懂，什麼意思？」

晃子天真地問道。

吃完午餐，回到社史編纂室，幸代發現辦公桌上有張紙條。

「請速提出估價表。　本間」

什麼估價表？幸代想了一下，立刻恍然大悟。「原來是同人誌。」剛吃下肚的義大利麵好像在胃裡變成了粗稻繩。社編室製作同人誌這件事似乎越來越真實了。

她不自覺地摸著胃，在座位上坐了下來，解除電腦的休眠模式。螢幕上出現製作到一半的「星間商事年表」，她先把檔案移到一旁。

專門承包同人誌印刷業務的大小印刷廠不計其數。她搜尋之後，挑選了兩、三家，將費用表頁面的連結貼到電子郵件上。

「目前頁數和印刷數量尚未確定，很難估價。請參考下列印刷廠的價格進行評估。匆匆回覆，請見諒。」

她把這封沒有半句廢話的信寄到了課長的郵件信箱，轉動著脖子。脖子發出喀喀的聲音。為什麼上班時間還得調查同人誌的印刷費用？

幸代轉過頭，想要控訴課長的蠻橫，但忍不住嘆了一口氣。晃子正在吃牛奶草莓糖。明明剛剛才吃完義大利麵套餐附的小蛋糕，真是無可救藥的甜點魔人。矢田的座位上傳來鼾聲。本間課長在幸代桌上留下紙條後就離開了，即使午休時間結束，仍然沒有回到辦公室。八成在公司的其他部門閒逛、惹人討厭吧。社史編纂室內沒有半個人瞭解「勤勞」這兩個字的含義。只能靠我了。幸代看著年表的空白部分，思考著戰略。無論如何都必須找到願意談論星間商事在高度經濟成長期情況的退休員工。對了，可以調查一下當時和星間商事合作的那些公司的社史。

悠閒的社史編纂室內，只有幸代一個人絞盡腦汁，快速翻閱著厚厚的離職員工名冊。手背上的「週四、聯誼」燦然發光。

她差點因為自己的嘆息而缺氧。

每次上完廁所，她就用力地搓洗手背，但仍然洗不掉上頭的「週四、聯誼」這幾個字。那是什麼特殊墨水的原子筆？還是因為矢田對聯誼的執著所致？

回家之後要馬上用卸妝油洗乾淨。幸代在五點半關掉電腦，離開公司。

夜幕降臨的時間似乎比昨天更晚，她在電車上看著窗外流逝的風景。在住家所在的車站下車時，西方的天空仍然宛如悶燒的火焰。

她在超市買完菜，拎著裝了食材的提袋走在車站前的路上，和一群準備去聚餐的學生及匆匆走向車站、準備趕回家的上班族錯身而過。這是一年之中，進入梅雨季節前最宜人的季節，每個人都充滿活力地走向自己的目的地。

手上的提袋突然變輕了。幸代驚訝地抬起頭，發現洋平站在她身旁。他看到幸代，所以從後頭追趕上來，並從幸代手上接過提袋。

「妳回來了。」

幸代慌忙放下懸在半空的手。他剛才看到了嗎？一定看到了。

「洋平，你回來了。」

互相說「你回來了」有點奇怪，兩個人都忍不住笑了起來。洋平應該看到了「聯誼」這兩個字，但什麼都沒說。他配合幸代的腳步慢慢走著，熟人從面向馬路的餐廳廚房向他打招呼，他揮了揮空著的那隻手回應。

幸代覺得好像劈腿被抓包，但洋平臉上的表情一如往常。

幸代越想越生氣，來到公寓入口大門時，連洋平對她說話，她也氣得不願搭理。洋平並不以為意，舉起提袋說：

「那今天來做炸茄子鑲肉吧。」

然後率先走進家門。

幸代去盥洗室洗手。雖然已經變淡了，但矢田寫的字仍然留在手背上。幸代乾脆不洗了，在卸妝時也刻意不讓卸妝油碰到手背。

洋平切開茄子，把絞肉塞進茄子裡並裹上麵衣。「要不要幫忙？」幸代問。「妳去做沙拉吧。」洋平回答。幸代從冰箱裡拿出萵苣，用力撕成了碎片。把茄子丟進平底鍋的洋平小心翼翼地注意著油的溫度，斜眼看著幸代。

看啊。然後說點什麼啊！

把炸茄子鑲肉、大量生菜沙拉、豆腐味噌湯，以及白飯和啤酒端到客廳的矮桌，兩個人面對面吃晚餐時，洋平也隻字不提聯誼的事。他在電視的動物節目中看到蜂鳥懸停在空中，忍不住驚呼：「太美了！真想親眼看看。」
「那你下次可以去南美啊。」
「嗯，」洋平偏著頭問：「幸代，妳在生氣嗎？」
「沒有啊。」
結束幾乎沒什麼對話的晚餐，幸代在廚房清洗著碗盤。洗完時，手上的字已經幾乎看不見了。幸代內心的憤怒中夾雜著悲傷，決定再喝一罐啤酒。
她也為洋平拿了一罐啤酒，回到客廳。洋平關了電視，把手架在矮桌上，怔怔地看著半空。洋平有時候會這樣，可能在回想以前旅行的地方，或思考以後想要去旅行的地方。
好寂寞。雖然相處一室，卻寂寞又空虛。
幸代把兩罐啤酒放在矮桌上，坐在洋平身旁。一口氣喝了半罐啤酒。洋平也跟著拉開拉環。
「你應該看到了吧？」
「看到什麼？」
「這個。」
幸代伸出已經沒有任何痕跡的手背。
洋平點點頭，喝了一口啤酒。
「為什麼都不問？為什麼不問聯誼是怎麼回事？為什麼不叫我別去？」
「為什麼要說那些？」

洋平說話時，似乎是發自內心地感到不解，幸代雖然一再告訴自己要冷靜，但終於失控了。

「你是什麼意思啊！」幸代大吼道，「你自信滿滿個屁啊！你是自戀地覺得『這個女人愛定我了』，還是表示『妳這種人去聯誼也沒用』？」

洋平被幸代的氣勢嚇了一跳，但還是回答說：

「不、我不是這個意思，我只是想說，妳要去聯誼，我沒資格說東道西。」

「我們不是在交往嗎？」

「我們是在交往。」

「那通常不是會說，不要去聯誼、不要外遇嗎？」

「會嗎？」

「當然會啊！如果你去聯誼，你去外遇，我就會很難過。」

「原來是這個意思。」洋平笑了起來，「妳不必擔心這種事，因為我不想去聯誼，也不想外遇，妳放心吧。」

根本是雞同鴨講。幸代感到疲憊。簡直把我當成了因為莫名其妙地吃醋而歇斯底里、心胸狹窄的笨女人了。

「你不想去聯誼，也不想外遇嗎？為什麼？」

幸代還是確認了一下。洋平回答說：

「因為很麻煩啊。」

幸代知道他不可能回答「當然是因為我愛妳」。很好，很好。幸代把啤酒一飲而盡，再從洋平的手上搶過他的啤酒。「喂，別喝這麼多。」她不聽洋平勸阻，把他的啤酒也喝光了。

「有時候，」

幸代把空啤酒罐放回矮桌，嘆了一口氣。她想要打嗝，但吞了下去。幸代至今仍不會在洋平面前放屁和打嗝，因為她愛洋平，因為她不希望被洋平討厭，讓洋平對她幻滅。但洋平能在她面前肆無忌憚地打嗝放屁，因為他個性不拘小節。幸代忍耐了多少打嗝、放屁，內心就累積了多少空虛。

「我搞不懂自己為什麼要和你交往。有時候會覺得你留在我身邊，是不是只是因為不出門旅行的時候，想有個地方可以居住生活。」

「……我要生氣囉。」

洋平難得用不帶情感的平板聲調說話。

我早就生氣了！幸代心想。

兩個人在套房的狹小房間內度過的週末，只有最低限度的交談。洋平白天出門打工，回家後洗完澡，鋪了被子就睡覺。幸代一整天都坐在電腦前，開始著手寫稿，為夏季動漫市做準備。她打算寫松永和野宮故事的續篇，卻無法專心。

「野宮先生，你總是用這種方式逃避。逃避我的心意、也逃避自己的感情，總是只在安全的地方露出笑容。」

松永痛苦地低下了頭。

幸代原本想以報告進度為藉口，打電話給實咲和英里子，但最後還是作罷。英里子結婚後，過著安定的生活，無論對她說什麼，聽起來都像在抱怨。她也不希望聽到實咲說什麼「原來妳也很辛苦」之類貌似同情、實質卻是輕蔑的話，然後再度抨擊洋平有多沒出息。

就這樣，我們漸漸把自己逼到寂寞的牆角。

無論多麼微不足道的祕密和不滿，都可以無憂無慮地訴說、分享的日子已經遠去。隨著長大成人，也許漸漸對寂寞麻木了。幸代想道。

週末過後，幸代和洋平之間的氣氛仍然尷尬。晚上彼此沒有交談，一個寫稿，一個睡覺。無論經歷多少次，都覺得吵架的對象躺在自己身旁的感覺很不舒服。幸代背對著洋平，感受著他的體溫和動靜，覺得自己就像是身負毒殺任務的女忍者，不敢用力呼吸。

幸好白天不必見到洋平。幸代默默調查「高度經濟成長期黑洞」的事。公司的資料室內有好幾本競爭商社的社史，上面都積了厚厚的灰塵。幸代看了每一本社史，漸漸瞭解到從一九五〇年代到六〇年代初期，社會和經濟方面都帶著一股強大的能量向前衝。

為了迎接東京奧運，街道整頓和道路整備的速度驚人。在戰爭中受到重創的東京正在蛻變成一個新的城市，好像要斬斷人們的感情和過去。這當然也是商社大發利市的大好時機，四處興建的大樓、競技場和不斷開拓的道路企劃、設計與工程業務，還有建材和重型機械的買賣……。每家公司都有做不完的生意。

不光是國內，各家商社也積極促成國際航線的開通。隨著出國越來越方便，印尼、馬來西亞、當時的緬甸和韓國等，在這些多次經歷侵略、戰爭或是獨立戰爭的國家經濟起步的路上，日本商社都發揮了積極的作用。

戰爭一旦結束，都市就會蓬勃發展，也因此開始興建提供人們聚集的場所——劇場、飯店和百貨公司等，每個國家都一樣。為了這些建築物的建造、電力、自來水，還有電視網普及等相關利益，商社之間時而合作、時而搶先積極爭取。

其他公司的社史上不時提到星間商事的名號，主要是出現在東南亞國家進行業務合作時。幸代把疑點寫在筆記本上。

為什麼東南亞會成為商社之間商戰的主要舞台？

星間商事算是規模較小的商社，靠什麼手段加入東南亞的激烈商戰？身為大型商社的合作企業，負責哪些領域的工作？

星間商事當時的主要業務是國內不動產買賣，還有家具、雜貨和衣料的製造銷售和進出口，雖然也經營建築材料，但規模並不足以應付國內外建設熱潮的需求，也沒有經營工程所需的重型機械。在眾多大型商社之間，到底扮演了怎樣的角色？這件事成為無法解開的謎團。

「真希望他們可以寫得詳細點。」

幸代獨自在昏暗的資料室內嘀咕道。競爭商社的社史上都只是簡單提到「和星間商事合作」或是「得到星間商事的協助」而已。因為不是星間商事的社史，所以當然不可能對星間商史發揮的作用寫得太仔細，而幸代他們的工作就是要調查當時發生了什麼事、做了什麼工作，並記錄在星間商事的社史上。

幸代灰頭土臉地回到社史編纂室。晃子不在，白板上寫了「外出」。外出去哪？最好是為了調查外出，但總覺得她是去看電影。矢田一如往常不見蹤影，而且根本無視白板的存在。辦公室內只剩下本間課長，他難得一臉認真的表情看著電腦。

幸代走向本間課長的辦公桌。

「課長。」

「哇哇哇！」課長驚叫起來，「川田，原來妳在啊。妳突然叫我，害我嚇一大跳，所以把一封還沒寫內容的郵件發出去了。」

「對不起。」

「反正已經寄出去了，也沒辦法了，來寫封道歉信吧。」

課長生疏地敲打著鍵盤，「『剛才不慎寄了一封沒寫內容的郵件……』。」

課長似乎不一邊唸出來就無法打字。幸代不經意地探頭看向課長的電腦，螢幕上顯示著他寫到一半的電子郵件。收件人那欄是幸代的信箱。

「是寫給我的嗎？」

「嗯。」

「那課長你直接跟我說就好啦？我就在這裡啊！」

「也對喔。」

課長一副如釋重負的表情，關掉撰寫電子郵件的軟體。「啊！我剛才有寄一封信給妳，但沒有內容。」

「我知道。有什麼事呢？」

「嗯。」課長的椅子發出吱吱咯咯的聲音，他抬頭看著幸代，「我比較、檢討了妳給我的印刷廠價格表。」

「是喔。」

「我覺得『空色印刷』這家挺不錯的。」

「是啊。那家印刷廠的價錢很公道，也很有效率，廣受好評喔。但頁數和冊數已經決定了嗎？封面使用的顏色數量和加工不同，價格也會有很大的差異。」

「我看了樣本的同人誌封面，真漂亮啊！」課長語帶佩服地說道，「圖畫都是彩色的，書名還閃著金光。」

「要做這種的話價格很昂貴。而且，我們有誰能畫彩色又華麗的封面圖？」

「嗯？妳啊。」

「我不行。我只負責寫小說。」

「那就用我的水彩畫吧。」課長得意地挺起胸膛，「三年前，我去社區大學上過『水彩畫入門　畫出生活周遭的風景』這門課程。」

他到底打算製作怎樣的同人誌？況且，堂堂商社的課長，竟然有時間去讀什麼社區大學，日本雖大，但應該也只有本間課長有這種閒工夫吧？幸代皺起眉頭。而且更可惡的是，他的薪水竟然領得比我多。

「那很好啊。」

幸代自暴自棄地點點頭。

「至於頁數……每個人以二十頁計算，總共就是一百頁。」
「會不會太多了？況且，就算每個人二十頁，總共也才八十頁啊！」
「妳在說什麼啊？」本間課長指著社史編纂室的辦公桌，「這個部門有五個人。」
五張辦公桌中，有一張專門用來堆放資料。
「部長也包含在內嗎？」
「當然啊！部長隨時守護著我們。」
該不會真的是幽靈吧。幸代揉著因為皺得太用力而發疼的眉心。
「好吧。只不過第一次製作同人誌，每個人要寫二十頁太多了。怎麼可能一下子寫出那麼多東西。」
「川田，妳可不要小看我們。」
課長呵呵地笑著，從桌子角落拿抽一疊影印紙。「我已經寫滿二十張稿紙了。妳先看一下，再告訴我感想。」
雖然幸代很不願意，但還是很不甘願地接了過來。課長為每人影印了一份，起身放在每個人的桌子上，然後又回到自己的座位。
「妳找我有什麼事？」
沒錯，我有事找他。用空洞的眼神看著本間課長的幸代終於回過神。
「我去向已經退休的老員工瞭解情況，但並不是很順利。」
「怎麼回事？」

本間課長打著呵欠問道。幸代負責石油危機的時期，難以啟齒說自己正在調查「高度經濟成長期黑洞」。

「關於他們年輕時代的活躍情況。」

幸代隨口敷衍。

「是喔，大家都很謙虛吧。」

「所以我在想，課長那裡是不是有理想的人選，比方說，課長的以前上司。」

「沒有。」課長再度打了個呵欠，「我向來和上司的關係不太好，因為我不懂得拍馬屁。」

「喔。」

幸代左耳進，右耳出。不應該尋求課長的協助。

「那沒關係，我會想辦法解決。」

幸代正準備回座，本間課長叫住了她。

「川田，川田，妳調查的方法有問題。」課長臉上露出淺淺的笑容。「只要妳設身處地傾聽，對方一定願意敞開心房。即使之前曾經拜訪過的人，也可以再度寫信拜託。我上次不是拿了稿紙給你們嗎？不用也可惜，妳可以用那些稿紙寫信給他們。」

用已經泛黃的舊稿紙寫信不是很失禮嗎？幸代雖然這麼想，但又想到這個部門不允許浪費預算，況且那些對象都是老花眼很嚴重的老人家，即使自己再三拜託，他們仍然顧左右而言他，態度很不合作，用有點泛黃的稿紙寫信給他們應該也沒關係。

雖然很不甘願，但也只能謊稱「上次訪問有遺漏之處」，要求再度見面。幸代拿出上次丟進抽屜的稿紙，再度寫了要求見面的信。仔細打量後，發現稿紙中央和四周有月牙和星星圖案的浮水印。

唉喲，沒想到這麼講究。幸代對稿紙脫俗的設計感到佩服，用工整的文字填入藍色框線的格子裡。

四、

離星期四越來越近，洋平仍沒有對幸代參加聯誼發表任何意見。

那老娘就去聯誼。幸代被惹毛了，星期三下班後，她和晃子一起去了有樂町的西武百貨公司。

為了翌日的決戰，晃子買了一件胸前和肩上細繩都有小花的細肩帶小背心。那根本是內衣吧……。幸代雖然這麼想，但並沒有說出口。晃子試穿後，發現更襯托出她的細腰和豐胸，連幸代都不敢直視她。

男人真的喜歡女人穿成這樣嗎？比起這種一看就知道想要「獵男人」的打扮，不是應該更不經意地強調女人味嗎？幸代終於知道晃子積極參加聯誼，卻仍然沒有固定約會對象的理由了。

但幸代也不知道如何才能「不經意地強調女人味」，即使想和晃子較勁，也敵不過她豐滿的胸部和年輕有彈性的肌膚。所以最後她選了一件平時上班也可以穿的正統白襯衫。

晃子敢把這種像內衣一樣的衣服穿去公司，幸代就沒有她的勇氣。雖然豪氣地決定「老娘要去聯誼」，但選的衣服卻沒有絲毫驚喜。不過只要搭配剪裁稍帶時尚感的深藍色裙子，就可以打造出工作能力強、乾淨俐落的形象。應該沒問題。到時候胸口稍微敞開點，再搭配一條鑲了透明寶石的仿冒鑽石項鍊就好了。

晃子指著一件粉紅色的透明薄紗襯衫問：

「妳真的要買那件嗎？要不要選這件？」

那件襯衫的袖子和領子都有很多莫名其妙的花邊。幸代終於瞭解，原來晃子喜歡過度強調自己的女人味。對她來說，聯誼時能不能交到男朋友並不重要，她的目的只是享受這種邂逅的感覺。

幸代回想起晃子經常在上班時收到訊息，但她總是看一眼而已，幾乎都不回信。偶爾還會抱怨：「煩死了。」

「有人傳訊息問我：『今天天氣真好（表情符號），昨天真開心（表情符號），我公司離妳公司很近，中午要不要一起喝（表情符號）咖啡（表情符號）？』我、才、不、要、呢！我已經決定今天中午要吃蛋糕吃到飽。」

晃子也曾經給幸代看手機的訊息內容。幸代幾乎看不懂五彩繽紛的表情符號代表什麼意思，只知道男人很賣力地邀約晃子。雖然幸代覺得晃子可以和對方一起去吃蛋糕吃到飽，但晃子連訊息都沒回就刪掉了。

晃子可能也在徬徨。在即使和誰交往、投入工作，也無法填補的空虛內心徬徨。

晃子拎著百貨公司的紙袋笑著說：「好期待啊。」

「是啊。」幸代回答。

星期四早晨，幸代比平時更仔細地化好妝後走出盥洗室。洋平今天似乎沒有要去打工，所以還在家裡。很好很好，在看我。幸代的臉頰感受到洋平的視線，她拎起皮包。當她彎下腰時，項鍊上的假鑽石輕輕捶打著鎖骨下方。

「我走了。」

幸代說。穿著睡衣的洋平用力伸著懶腰，抓著一頭亂髮說：「路上小心。」

到頭來，他還是不對聯誼這件事發表任何意見嗎？幸代鬱悶地走在萬里晴空下。洋平可能也在賭氣，但未免太過分了。

幸代愛洋平的自由，愛洋平的不受拘束、也不會束縛別人。但有時還是會不安，不知道是否該繼續和這個男人交往。清澈的水無法生長出任何東西，不會和其他水流會合，只是靜靜地流向大海。幸代覺得自己站在岸邊，既沒有把手伸進水裡，也沒有掬一口水潤喉，只是看著熠熠發光的水面。

聯誼訂於晚上七點，在新橋的「無國籍居酒屋」舉行。

幸代在公司打發時間，本間課長不停地搭話說：「要去聯誼啊？真好，有年齡限制嗎？」

當然沒人理會他，在時鐘指向六點半之前，幸代就和矢田、晃子一起離開辦公室。

這是很正統的四男四女聯誼。唯一的不同，就是主辦人並不是邀約和自己同性的成員。矢田約了一個姓篠原的男性朋友，還有幸代和晃子。另一方的主辦人是姓岩下的女生，邀了宇原和遠藤兩名男性朋友，還有一個姓上野的女生。

上野是岩下的學妹，比晃子更年輕，剛進公司不久。她個性低調文靜，似乎很在意外形亮麗、成為話題中心的岩下。篠原不愧是矢田的朋友，很熟悉聯誼這種場合，在不至於讓人不舒服的情況下，和每個人都聊上幾句，炒熱整個場子。

即使如此，當「亞洲創作料理」放滿整張桌子時，幸代已經想要回家了。宇原滔滔不絕地吹噓自己的工作能力，遠藤則肆無忌憚地盯著晃子的胸部。

晃子應該察覺到遠藤的視線了，但她仍然滿臉親切的笑容，甚至用雙臂把乳溝夾得更深了。遠藤像傻瓜一樣露出色瞇瞇的傻笑，但身體越來越向前探，簡直快撲上去了。

晃子，妳不需要提供這種服務。幸代很想這麼對晃子說，但遠藤坐在幸代的左側，宇原坐在幸代的對面，晃子坐在幸代的斜對面，剛好就在遠藤對面，所以無法偷偷提出忠告。

「喂，你看看，」幸代小聲提醒坐在自己右側的矢田，「晃子的胸部是不是太露了？」

「啊？」矢田中斷了和岩下的聊天，看著晃子和遠藤，「別擔心，晃子很瞭解狀況。」

是這樣嗎？幸代獨自提心吊膽。即使晃子是故意的，遠藤無禮的態度也讓人很不舒服。在幸代眼中，晃子是可愛的後輩，也是在職場上合得來的朋友。有人露出好像在動物園看到大象睪丸般的眼神盯著晃子，讓她覺得很不舒服。

宇原和坐在角落座位的上野聊了半天衝浪話題後，順便問了幸代：

「川田小姐，妳的興趣是什麼？」

矢田正打算開口，幸代踩住他的腳制止了他。

「看書吧。」

幸代面帶笑容地回答。雖然這個回答很無趣，但自己並沒有義務要逗宇原開心。

「是喔，妳都看哪些書？」

「各式各樣的書。」

「川田小姐很沉穩呢。」岩下高聲說道，「我們家的上野也總是很陰沉。」

「會嗎？上野小姐不是陰沉，而是很成熟。」

隨你們怎麼說吧。無論別人說什麼，幸代都露出笑容應對，並默默祈禱聯誼趕快結束。

當用香草點綴的酥炸白肉魚送上桌時，幸代的怒氣達到了顛峰。角落有四分之一個檸檬的大盤子剛好擺在宇原和幸代面前。宇原立刻對幸代揚了揚下巴說：

「妳擠一下檸檬。」

啊？幸代對宇原頤指氣使的態度感到驚訝，一瞬間愣住了。擠檸檬當然無所謂，但他憑什麼理所當然地指使自己？更何況檸檬離宇原比較近。幸代想起宇原剛才就不斷讓晃子幫他夾菜，自以為是大爺。

上野和篠原一臉擔憂地看著幸代。晃子偷偷地聳了聳肩，伸手準備拿檸檬，想要為僵在那裡的幸代解圍。只有雙眼緊盯著晃子胸部的遠藤和正高興地放聲大笑的岩下並不在意現場的氣氛。

「我說宇原啊，」矢田搶先晃子一步拿起檸檬，「你就不能自己擠嗎？」

矢田拿起檸檬，對著宇原的臉擠出檸檬汁。「嗚啊！」宇原痛得閉上眼睛。

「還有遠藤，」矢田隔著幸代，對著遠藤噴檸檬汁。「你從剛才就一直盯著晃子的胸部，也看太久了吧。」

「喂！你別鬧了。」

遠藤生氣地說道。

「有嗎？是砲王學長盯著我吧。」

晃子扭著身體，半開玩笑地說道，也化解了遠藤的怒氣。幸代立刻把酥炸白肉魚分裝在小盤子裡。

「好了！趁熱吃吧。」

她最後才遞給宇原，也沒有忘記把矢田交給她的檸檬故意在宇原的炸魚上擠出最後幾滴檸檬汁。宇原一臉不甘願地用筷子夾著掉了好幾顆檸檬籽的炸魚塊。

整場聯誼就像嚼著沒烤熟的豬肉，幸好終於結束了。

走回車站的路上，幸代向矢田道歉：「對不起，我破壞了氣氛。」

「沒關係、沒關係！我原本就沒期望妳能帶動氣氛。」

「什麼意思嘛！」

如果他抱有這樣的期望，也會很傷腦筋；但說得這麼直截了當，幸代也有點傷心。

「砲王學長，你太帥了！」

晃子的腳步很輕盈。幸代也有同感。

「喔！我之前就對宇原和遠藤沒有好感。」矢田調皮地擠眉弄眼，「岩下的朋友差不多都是這種人。」

「為什麼要和這種人聯誼？」

「有什麼關係嘛，反正妳有男朋友了，晃子還有很多機會。今天最大的目的，就是撮合篠原和上野。」

「他們聊得很愉快。」

晃子笑著點頭。剛才相互道別時，篠原成功地和上野交換了聯絡方式。幸代對篠原和上野的印象都不錯，所以也為他們高興。但想到為了撮合他們，自己卻和洋平鬧得不愉快，心情就很複雜。

「你還有閒工夫去撮合篠原他們嗎？」幸代暗諷他，「明明自己都還沒有女朋友。」

「我嗎？」矢田露出一抹滄桑的笑容，「我暫時不必了，那太累了。」

「辛苦了，明天見。」矢田走下地鐵的階梯。幸代和晃子一起走進JR的驗票口。

「砲王學長太帥了。」

晃子再度說道，但她說得很小聲，幾乎被駛進月台的電車聲音蓋過了。

啊呀？幸代一驚。

「啊呀？啊呀？」

幸代叫了起來，探頭看著晃子的臉。

「幸代姊，妳幹嘛啦！」

晃子的臉頰開始泛紅。

矢田今天晚上的言行也讓幸代覺得很大快人心，原來如此，是這麼一回事。原來晃子對矢田……。

幸代努力繃緊臉頰肌肉，不讓自己笑出來。那就暫時假裝沒有察覺這件事吧。

晃子下車後，幸代突然想起矢田的傳聞。聽說他和專董的情婦有一腿。也許他說的是真的，但也可能他只是覺得固定交一個女朋友很麻煩，也許矢田還沒有走出上一段不為人知的戀愛所受的創傷。

果真如此的話，晃子的感情將何去何從？

洋平清洗過浴室，等幸代回家。這似乎代表他想和幸代言歸於好。幸代當然不會拒絕。他們一起洗了澡。雖然浴缸很小，但幸代抱著把後腦勺靠在她肩上的洋平坐在浴缸內，有一種幸福的感覺。幸代在水中撫摸著洋平的胸膛，然後將手指移向洋平削瘦的臉頰。洋平挪動身體，抬頭看著幸代。

「聯誼超無聊的。」

幸代向他報告。

「是喔。」

洋平點點頭。臉上的表情就像小孩子聽到有人說「天上有星星」那樣無邪。幸代輕輕吻了洋平的嘴唇。

「啊——！」

洋平突然站起身來。

「怎麼了？」

幸代驚訝地問，洋平渾身滴著水走出浴缸，回頭看著她說：

「我去鋪被子。」

洋平轉眼之間便走出浴室。幸代把下巴以下都沉入水中。難道就不能再含蓄一點嗎？被他這麼一說，都不知道該什麼時候走出浴室了。如果太早出去，好像很迫不及待，這樣也太丟臉；如果慢吞吞等洋平來叫，又更丟臉了。

幸代數到二十後，走出浴缸。猶豫了一下，穿上睡衣。洋平跪坐在三坪大房間內鋪好的被子上，滿臉欣喜的表情。他很快就證明幸代根本不需要穿上睡衣。

「好濃喔……」

洋平聽到了幸代的嘀咕聲，俐落地用面紙擦著沾到幸代肚子的精液說：

「那當然啊，吵架之後做愛很棒吧？所以我沒有自慰，一直忍耐著。」

「所以」個屁啊！說話不能含蓄一點嗎？幸代把肚子擦乾淨，終於可以活動身體後，默默踢向蹲在她身旁的洋平。

洋平倒在地上，但他沒有遲疑，立刻起身壓在幸代身上。

「再來一次吧。」

為什麼無法離開這個男人？幸代思考著這個問題，順勢摟住了洋平的腰。

第二天，幸代精神抖擻地走進辦公室。晃子說：「幸代姊，妳今天皮膚真好。」她也微笑著回答：「是嗎？」

今天是本週最後一天上班，洋平說明天會早點回家，今天就努力工作吧。這個週末一定很愉快，還要打電話給實咲和英里子，掌握一下她們寫稿的進度。

幸代思考著接下來的計畫，一邊整理送到社史編纂室的郵件。其中有一張寄給幸代的標準明信片。在公司很少收到不是商業廣告的明信片。是誰寄來的？

幸代翻過明信片一看，頓時心跳加速。

白紙的中央用毛筆寫了一行字。

「別再四處打聽了。」

像烏雲般的淡墨在紙上扭動，有種不吉利的感覺。

幸代立刻找晃子和矢田，宣布召開緊急會議。

「你們對這個有什麼看法？」

晃子正把從資料室帶回來的書上貼滿標籤，她停下手，探頭看著幸代手上的明信片問：

「為什麼？」

矢田完全沒反應。幸代猜想他又睡著了，拿起最大的長尾夾丟了過去。只聽到「嗯」的一聲，書堆後方傳來矢田坐起來的動靜。

「川田，妳有什麼權利妨礙我的睡眠？小心我把妳幹得唉唉叫。」
「小心我去性騷擾諮詢室投訴你。廢話少說，你先過來一下。」
矢田繼續小聲抱怨著，但還是坐在有輪子的辦公椅上，繞過桌角，喀啦喀啦地滑過來。他右側臉頰上有一道紅線，那是他當枕頭睡的那疊紙留下的壓痕。
「什麼？」
「有人寄這張明信片給我。」
在幸代兩側的晃子和矢田同時抱著手臂。
「墨汁的顏色好淡。」
晃子把看到的直接說了出來。
「傻瓜，一看就知道是在恐嚇啊。」
矢田冷笑一聲說道。
「咦？」晃子探出身體，「雖然內容有點奇怪，但你怎麼知道是恐嚇？」
幸代用指尖揉著眉心。難得星期五早上心情這麼好，這下全毀了。
「晃子，妳聽我說。不是只有喪事的時候才會用淡墨嗎？比方說，在奠儀袋上寫名字時要用淡墨。」
「啊？原來有這種規矩。」晃子聳聳肩笑了起來。「我都用一般的黑筆寫得很濃耶。」
她剛進公司時，到底是誰負責教她的？幸代忍不住想道。不難猜想她之前在營業部的工作表現應該也是讓人提心吊膽。

「妳知不知道是誰寫的？」

矢田拿起明信片看著郵戳。幸代剛才也看過了，上面蓋著「丸之內中央」，所以是公司附近的郵局。雖然不能排除公司內部人員寄這張明信片的可能性，但很難猜出是誰幹的。

「前幾天，我寫信給一些退休員工，希望能向他們瞭解一些情況，協助編纂社史的工作。」

「寫給多少人？」

「差不多十多個。」

「寫這麼多！」晃子雙手摸著自己的臉頰，「幸代姊，妳不是都用手寫的嗎？」

「內容都大同小異，所以並不是什麼大工程。」

「啊——。太難以置信了，我絕對沒辦法手寫那麼多封信。」晃子投以尊敬的眼神，但幸代沒有理會她。

「為什麼又要去？」矢田問：「妳上次不是已經問過一個姓什麼的老頭了嗎？」

「熊井先生，但是他避談重點部分，所以我和課長商量後，決定再度寫信給包括熊井先生在內那些瞭解當時情況的退休員工。」

「重點部分是什麼？」

「『高度經濟成長期黑洞』。」

聽到幸代這麼說，晃子也露出嚴肅的表情。矢田搞不清楚狀況，只是「嗯」了一聲。

「總之，妳這次寄信之後，收到了恐嚇明信片。內容和第一次有什麼不一樣嗎？」

矢田問道，幸代偏著頭回答：

「沒有啊，沒有什麼不一樣。只是我想應該展現誠意，所以就用手寫。」

「那我知道了。一定是因為妳的字太醜，把人家惹毛了。」

「太小看人了喔。我小時候可是練過鋼筆字。」

「喔。妳很像會學這種不起眼才藝的人。」

矢田笑了起來，幸代揮起拳頭。晃子連忙勸阻她：「好啦、好啦。」

「熊井先生呢？他有沒有嫌疑呢？」

幸代想起熊井雲淡風清、顧左右而言他的樣子。

「不知道。但總覺得即使是淡墨，他也不會浪費時間磨墨，應該會當面對我說才對。」

「這件事還是向課長報告一下吧。」矢田把明信片放回幸代桌上，坐回椅子上往後退，「課長呢？」

「今天還沒看到他。」

晃子抬頭看著牆上的時鐘。已經十點多了。算了，這是常有的事。

三個人嘆著氣，把恐嚇信的事暫時擱在一旁，低頭做各自的工作。

幸代懶得離開公司，就在員工食堂解決午餐。

位在本館十二樓的員工食堂窗明几淨，在陽光照射下閃著光芒。從大窗戶可以看到商業區內密集的高樓。

標榜「員工福利超好」的星間商事，對員工食堂的菜色也絲毫不馬虎。每日特餐定食就有五種，可以滿足「低熱量」、「以蔬菜為主」、「分量加大」等各種需求。基本款的咖哩和拉麵也便宜又好吃。食堂內放著許多觀賞植物盆栽，員工食堂是個能讓人放鬆的空間，很受員工好評。

但是，這裡卻令幸代渾身不自在。每次看到和自己同期進公司的人聚集在餐桌旁，心情愉快卻又匆忙吃飯的身影，就覺得無地自容。雖然她對遠離升遷之路完全不後悔，但還是會有這種感覺。

專心投入工作，或是結婚後離職，或是向可以大聲向他人宣告的興趣愛好邁進。在公司這個組織內生存，如果想要走這三條路以外的道路，往往要背負很大的心理壓力，整天膽戰心驚，擔心別人認為自己是沒有人生奮鬥目標的薪水小偷。

這是被害妄想。我對自己的工作認真負責，根本不需要這麼畏縮。雖然明知道這個道理，但只要踏出社史編纂室一步，就會在意其他部門員工的目光。她深刻體會到，向來我行我素的課長、矢田和晃子太了不起了。

幸代避開剛好也在員工食堂的同期女職員的視線，坐在角落的座位。希望不會有人找我說話。她焦慮得不得了，只花了短短五分鐘就吃完咖哩，收拾好餐具。午休時間都還沒結束。

她快步走回社史編纂室並關上門，聞到帶著霉味的空氣，終於鬆了一口氣。比起設備完善、明亮寬敞的員工食堂，這裡已經漸漸變成最讓她安心的地方。幸代兀自笑了起來。這簡直就像在地窖過隱居生活。但這種感覺很不錯。

好安靜。課長雖然已經來上班了，但不在座位上。晃子和矢田出去吃午餐了。那張可怕的明信片仍然放在桌上，幸代決定把它收進資料夾，放在看不到的地方。打開抽屜，看到了課長之前給她的同人誌文稿。雖然課長要求她看，但她忘得一乾二淨。她收好資料夾，把文稿拿了出來。

他還真的寫了。幸代不由得感到佩服。因為是影本，所以框線是黑色的，但使用的正是公司的舊稿紙。課長用很有特色的矮扁文字認真填寫在每個格子裡，可以感受到他對發行同人誌的高度熱忱。

我也要為夏季動漫市趕快寫稿了，沒時間理會恐嚇信和同期的動向了。幸代這麼告訴自己，拿起本間課長的文稿看了起來。

★　★　★　★　★　★

「陳平，你是說，這些大男人一起蒐集紙張嗎？」

「是。」

「我無法相信，只是區區紙張啊，到底有何用處？」

本間一笑置之，陳平抬起頭說：

「課長！」

「噓！別叫我課長。我現在是遊手好閒的阿正。」

「是。那……本間兄。」
「嗯。」
「我們進行了充分的調查，絕對錯不了。那些男人一看到『月印紙』就陷入瘋狂。」
「這些人倒是有點眼光。」
本間佩服地說道。因為月印紙是高級品，據說就算再不會寫詩的人，只要有了月印紙，就能下筆有如神助。
「不光如此。」
一身忍者打扮的阿幸用嚴肅的口吻說道。阿幸剛才不動聲色地站在陳平旁，等待自己發言的機會。
「誠如您所知，只有運輸船批發行『月間屋』才有賣月印紙。由此可見，月間屋私下給了幕府不少好處。」
「這件事非同小可。消息確實嗎？」
聽到本間的問話，正在斟酒的花魁小晃點點頭說：
「沒錯。上個月在這間茶屋裡，有個像是生意人的男人送了黃金色的點心給武家的人，雖然兩個人都鬼鬼祟祟，但那個武家的人絕對就是老中[6]濱邊大人。」
「是喔，所以那個生意人就是月間屋的人。」
本間打開扇子，在胸前搧了起來。意外發現貪贓枉法之事，他也難掩興奮之色。
「如果有證據就好啦。」

「如果要證據，小晃。」
「是。」
小晃在陳平的催促下，從豪華的打掛下襬抽出一張薄紙。「本間大人，這個給您。這是黃金色點心的包裝紙，是濱邊大人在茶屋留下的。」
本間攤開薄紙，放在燭台前打量著。薄紙上的確有月印浮水印。
「陳平、阿幸、小晃，幹得好！」
本間啪地一聲把扇子收起來，站起身說：「那就繼續調查月間屋。」
「好。」「遵命。」「是。」
本間忠實的手下們深深鞠了個躬說道。

★★★★★

寫這是什麼鬼東西。幸代的肩膀顫抖著，不知道該生氣還是該笑。
課長之前說要寫自傳，現在寫的是什麼？為什麼我要一身忍者打扮？小晃是花魁，矢田是密探嗎？「月間屋」又是怎麼回事？課長該不會已經查到我的社團名字叫「月間企劃」了吧？他怎麼查到的？啊！我知道了，一定是他發現我在製作同人誌時偷看了版權頁。真是不能有半點疏

6：江戶幕府官職名。是征夷大將軍直屬的官員，負責統領全國政務。

忽啊。

幸代想了半天，突然想到一件事，忍不住「啊！」了一聲。

月印浮水印。浮水印……？

因為是影本，所以看不出來。她急忙打開抽屜，把上次寫信剩下的稿紙放在日光燈下。

那是本間課長給她的星間商事專用稿紙，如今已經停止使用的泛黃稿紙中央，的確有月牙的浮水印，四個角落也有星星浮水印。

上次寫的邀請信內容很一般。也不是手寫的問題。

第一次和第二次邀請信的不同之處就是紙張了。問題在於信紙。有人收到公司以前用的稿紙，立刻有了反應，然後寫了那封恐嚇信。

但是，為什麼？

幸代在空無一人的社史編纂室內看著稿紙的藍色框線。

莫非本間課長知道什麼內情？

當初是課長拿這些稿紙給我，也是他建議我用稿紙寫信。一旦開始懷疑，就覺得來越可疑。課長寫的奇怪「自傳」內容似乎也意有所指。

課長在傍晚時才終於回到社史編纂室。

「唉呀唉呀唉呀！在外面和好幾個人談事情，一下子就這麼晚了。」

沒有人問他，他就自顧自地大聲說明了今天一整天的行程，然後從皮包裡拿出幾片巧克力放在桌上。

「大家就隨意拿去吃吧。」

他去打小鋼珠了。這傢伙竟然跑去打小鋼珠。幸代感覺自己太陽穴的血管在跳動。我根本不該覺得自己是薪水小偷而心生愧疚，這個人才是真正的薪水小偷。來人啊！趕快來炒課長的魷魚。

「課長。」

幸代內心向董事長、人事部長和監察員祈禱著，從座位上站起身來。

本間課長慌忙地把似乎是在福利社買的晚報折起來。

「有什麼事？」

他一臉正色抬頭看著幸代。

「我看了你寫的文稿。」

「喔，是喔。」

課長樂不可支地抬眼窺視著幸代的表情，在桌上重新交握的雙手表達了他的害羞和期待。

「怎麼樣？」

「很有趣，很好奇月間屋和幕府勾結的真相。」

「是嗎？是嗎？」

課長把身體靠在椅背上，挺著胸膛說：「說起來，這是我從學校畢業後，第一次認真寫文章，不過無論經過多少年，才華都不會生鏽。腦海中不斷浮現劇情的發展呢。」

請你在寫公司資料時也寫一點像樣的文章。幸代想道。

「很期待後續的發展，」幸代微笑著說，「為什麼那些男人想要月印紙？」

「現在還是祕密。」

本間課長雙眼似乎在瞬間發出光芒，但他也可能根本還沒寫好接下來的發展。他臉上露出一如往常的傻呆表情。

「手寫會不會很辛苦？最後交給印刷廠都要用電子檔，你可以用電腦打字啊。」

「對我這個年紀的人來說，手寫比較快。」

課長做出打字的動作說：「至於這個，川田，就拜託妳了。」

又多了一項工作。幸代把嘆息吞回肚子裡。

「好吧。」她點點頭，「對了，課長，我仔細看了一下，發現公司以前用的稿紙在設計上很講究，也很好用。」

「妳喜歡？」課長發出「呃噗」的笑聲，「但我不會再給妳了，因為我這次可能會寫出意想不到的大作，所以要留著自己慢慢用。」

「是在哪裡找到的？」

「嗯？在別館的資料室，積滿了灰塵。啊！不過妳現在去也來不及了，因為我把庫存都拿走了。」

課長挺著胸膛，在椅子上搖晃起來，似乎為了獨占那些稿紙而驕傲不已。幸代仔細觀察課長的神情，但只看得出充滿得意的幼稚表情。

「太可惜了。」

幸代回答後，回到自己的座位。

一到下班時間，本間課長就夾著晚報，邁著輕快的步伐離開了。課長沒做什麼事，又混完了一個星期。以前不知道在哪裡看過一個統計，任何團體內都有一成的人是冗員。幸代帶著無奈的心情，目送著課長的背影離去。

晃子去了資料室還沒回來，幸代整理好自己的桌子，對著對面的矢田說了聲：「我先走了。」矢田正專心地玩著手機。

這些人也未免太怠惰了。走出公司大門時，幸代仰望著日頭尚未落山的天空。準備去和客戶應酬的營業部同事和拎著便利商店的便當回來當晚餐的企劃部同事，從幸代身邊匆匆走過。這麼早就下班的我，也是怠惰的一分子。

幸代走向地鐵站。後方傳來奔跑的腳步聲，她回頭一看，是矢田。

「你要回家了嗎？」

「嗯。」

幸代猜想他等一下要去聯誼，所以剛才留在公司打發時間。矢田配合幸代的步伐，和她一起走向車站。

「妳沒有把明信片的事告訴課長嗎？」

「因為說了也沒用，而且我也想觀察一下後續的態度。」

「態度？什麼態度？」

「因為我寫信用的是課長給我的稿紙。」

「喔，妳是說那個。」

「課長的自傳也提到了紙，所以我在想，課長是不是知道什麼，只是假裝不知道。」

「喔，他喔，」矢田苦笑了一下，「的確很神祕。」

「神祕？」

「至今仍然搞不懂他對工作的想法。」

「我是搞不懂為什麼他不會被炒魷魚？」

「也可以這麼說。」

矢田的臉上再度露出笑容。啊呀呀？幸代在心裡驚叫。這個笑容太有愛了。幸代有一個壞習慣，在公司的時候，只要看到男同事之間交情不錯，就會忍不住多觀察幾眼，現在才想到，以上司和下屬的關係來說，本間課長和矢田算是相處得很不錯。矢田總是適時回應課長說的話，課長在買馬票的時候，也經常問：「矢田，你覺得哪一個比較好？」他們之間保持若即若離的關係，卻有一種彼此心靈相通的感覺。也許矢田對本間課長把他拉進社史編纂室心存感激。

矢田在地鐵驗票口前停下腳步。

「你不搭車嗎？」

「妳男朋友呢？又去旅行了嗎？」

他根本答非所問。

「不，現在應該在家。」

「那妳到車站後，記得打電話給他，叫他去接妳。我先走了。」

矢田轉身走往地下通道。幸代這才瞭解矢田的真正目的。他擔心收到恐嚇信的幸代，所以特地陪她走到地鐵站。

嗯，真是個好人。幸代在心裡這麼想著。矢田邊走邊拿出手機打電話。

「喂？理沙嗎？是我。嗯，我下班了，妳能不能早點出來？」

如果不這麼輕浮就更好了。

五、

星期六中午過後，幸代和實咲都來到英里子家中。客廳桌上插著白玫瑰，飄著初夏清新的香氣。英里子的丈夫去公司加班不在家。

在應付不停在身邊打轉的小夏和小唯的同時，為英里子的畫稿塗黑、貼網點並不是件容易的事。

「給我有穿衣服的頁面啦。」

「已經沒有了啊！因為八成都是床戲嘛。」

「為什麼老是叫我們貼胯下？」

三個人小聲相互咒罵著，繼續割著網點紙。小夏和小唯好奇地在一旁探頭張望，嚷嚷著：

「啊！脫光光！」、「脫光光！」只好拚命打發他們：「是啊、是啊，脫光光喔。」、「你們快去看電視，好不好？」

「這種環境會對孩子的教育造成很大的負面影響吧？」

幸代被小孩子「這是什麼？」的疲勞轟炸搞得精疲力盡，實咲也累壞了。但英里子似乎早就看開了。

「反正本來就不可能無菌培養，所以無所謂啦。妳們兩個專心一點。」

她在說話時也沒忘記督促兩個助理做事。

花了三個小時完成畫稿，終於可以休息了。幸代剝下黏在手臂上的網點紙，邊伸展手臂邊問道：

「就送之前那家印刷廠沒問題吧？」

她們喝著英里子泡好的茶，打開印刷廠的簡介。確認好把稿子交給印刷廠的日期後，便你一言、我一語地討論起封面和蝴蝶頁要選哪一種紙。

「我的稿子完全沒進展。」工作忙碌的實咲有點疲態，「幸代，妳呢？」

「才寫了一半左右。」

幸代在五月推出的影印本受到讀者好評，同好也不時寄電子郵件到「月間企劃」的網站。幸代受到了鼓勵，正積極創作松永和野宮故事的續篇。

「對了，不知道為什麼，我們公司也要製作同人誌了。」

「怎麼回事？」

實咲和英里子問道，幸代把來龍去脈告訴她們。

「妳那個部門的課長真是太有意思了。」

英里子開心地說道，實咲卻皺起眉頭。

「真羨慕你們無憂無慮啊。」

一陣尷尬的沉默。英里子擔心地看了看幸代，又看了看實咲。

在實咲眼中，一定覺得幸代每天上班就像玩樂。幸代既無法強硬否定，又不想和實咲鬧得不愉快，所以笑了笑說：

「是啊，如果年底之前再不完成社史就慘了，真傷腦筋。」

為了掩飾自憐的心情，幸代只能翻著印刷廠的簡介。對了，公司的稿紙應該也是委託某家印刷廠印刷的，也許可以調查一下，星間商事在哪一個時期使用特製的公司稿紙。況且為什麼不是印信紙，而是印稿紙？

晚餐前，幸代和實咲離開英里子家。小夏和小唯從送到門口的英里子背後探出頭，害羞地揮手說：「拜拜。」

新公寓林立的街道到處傳來年幼孩子的聲音，公寓的外走廊上有很多五彩繽紛的三輪車。走往車站的路上，和一位挺著大肚子的母親擦身而過，她一手牽著幼兒，另一手拿著超市的塑膠袋。

那位母親和我年紀相仿，也許比我更年輕。傍晚的潮溼空氣中，幸代心不在焉地想著這些事。覺得好像只有自己的時間停滯不前，整天想著「這樣真的好嗎？」，望著眼前流逝的風景。

如何才能結婚、生子，經營家庭生活？她想不出具體的方法，也不是很清楚這是不是自己想要追求的生活。她試著想像和洋平生了孩子的生活，卻無法順利勾勒出輪廓。從來沒有聽說哪個家庭的父親經常心血來潮就出門旅行。

一切都很遙遠。幸代想道。也許我和洋平越走越遠，當回過神時，才發現洋平不在身邊，只有我獨自留在荒野。

不知道實咲和添田先生怎麼樣了，不知道最後會不會分手。幸代看向實咲的臉，但並沒有問出口。

不要讓自己陷入悲觀。有些人有穩定的工作，有老公、孩子，仍然獨自活在荒野上。也有人聽不到任何人的聲音，在任何人都聽不到自己聲音的地方過著冰天凍地的生活。是否會讓腳下踩著的大地變成荒野，永遠都取決於自己的意志。在見識過各種人生後，幸代已經瞭解這一點。

和話不投機的實咲道別後，回到了和洋平共同生活的公寓。

「妳回來了。」

洋平打了聲招呼，立刻轉頭繼續看電視。螢幕上出現南國鬱鬱蒼蒼的森林。

啊，他又要去旅行了。幸代察覺到這件事，便把包包放在地上，蹲了下來，把臉貼在洋平背上，就像抓蝨子的猴子。

「妳怎麼了？」

洋平想要回頭，她雙手緊緊抱住了他，不讓他回頭。即使再寂寞，也不要為自己的選擇後悔。

洋平停下動作，把手輕輕放在幸代的手上，再度看著電視。

雖然近在咫尺，又覺得洋平很遙遠，但自己很愛他。幸代自己也嚇了一跳，但除了「愛」這個字眼以外，她想不到其他詞彙來形容這瞬間的感情。

他們一動也不動地維持這個姿勢好一陣子。

過了一會兒，洋平抓著幸代繞在他肚子上的手臂，讓她坐在自己身旁。幸代離開了洋平的後背，挪了挪屁股的位置。她抱著豎起的雙膝，和洋平坐在一起看電視。

那是洋平喜愛的「驚喜地球紀行」節目，幸代很喜歡看著螢幕上的風景，聽洋平聊他以前去的地方，和以後想去的地方。但是這天晚上，洋平露出的平靜眼神令她難過不已。

「等這個播完，我們去吃晚餐。」

「嗯。」

「討論得怎麼樣？」

「我們幫忙英里子處理畫稿。」

「喔，難怪。」

洋平說完，從幸代的頭髮上拿下一小片網點紙。不知道他對沾了網點紙回家的女友有何感想？應該一點都不性感吧。幸代覺得無地自容。

事到如今，洋平並不奢求在幸代身上感受到盈溢的性感，毫不責怪假日投入同人誌製作工作的幸代。他用手撐在地上，伸長身體，把那一小片網點紙丟進了垃圾桶。幸代看著身穿牛仔褲的洋平從腰部到臀部的線條，產生了大叔般的感想——他的屁股還是那麼翹。

不是外出旅行就是在宅配公司打工的洋平，身上沒有贅肉。我是不是也該鍛鍊一下身體？幸代捏著自己側腰的肉，將視線移回電視上。螢幕上出現了街道的風景，南國乾爽的茶褐色道路沒有鋪柏油，巨大的榕樹在地上投下陰影，人們拿出長椅和木椅，有說有笑地坐在店門口乘涼。

「啊！」

幸代忍不住叫了起來。因為她在一家像是雜貨店的小店看板角落，看到了熟悉的圖案。雖然油漆的顏色已經褪色，但長方形的中央有一個月牙，四個角落都有一顆星星，和公司稿紙上的浮水印一樣。唯一的不同，就是看板上的長方形是在藍色底色上畫了白色的月亮和星星。

「洋平，快看、快看！」

幸代把手放在洋平的屁股上。

「幹嘛啊？不要抓我屁股啦。」

原本半蹲的洋平推開幸代的手坐了下來。幸代不理會他，拉著他的襯衫問：

「剛才的圖案！還是國旗？是哪個國家？」

「薩里梅尼共和國。」洋平回答說。

「薩里梅尼的國旗長什麼樣子？」

「上面是白色，下面是藍色，中間好像有一個黃色的月亮，白色代表平靜的天上世界，藍色代表豐沛的海洋。月亮則是薩里梅尼人信仰的薩爾瑪教的神明，月神『薩爾瑪』。」

不愧是在世界各地旅行的人，知道得真詳細。

「剛才拍到了這樣的圖案。」

幸代在從皮包裡拿出的記事本上畫了圖形，長方形的中間是月亮，四周畫上星星。

「我想應該是國旗，你知道是哪個國家的嗎？」

「這也是薩里梅尼的國旗。」

洋平說完，起身從書架上拿來一本舊地圖集。「妳看。」

洋平翻到「世界國旗一覽」的那一頁，手指的旗子和剛才電視螢幕上的商店看板，以及星間商事株式會社稿紙的浮水印圖案完全相同。

幸代看著有薩里梅尼地圖的那一頁，覺得自己正慢慢接近謎團。

薩里梅尼是位在菲律賓東南方，由赤道附近的四個島嶼組成的小國，很容易被認為是屬於南側印尼的島嶼。但根據卷末的說明，兩個國家的文化和宗教都不相同。印尼的國民大部分都是伊斯蘭教徒，有一部分是印度教徒；薩里梅尼則是信奉泛靈論的自然崇拜——也就是洋平剛才說的「薩爾瑪教」。

「薩里梅尼在變成民主共和制時改變了國旗。」

「什麼時候？」

「我記得是六〇年代後半期。」

洋平垂下眼睫，「第二次世界大戰結束後，薩里梅尼仍然持續君王政權，但獨立戰爭的英雄成為總統後，建立了軍事獨裁政權，共和制有名無實。薩里梅尼的人民推翻獨裁政權後，不再選擇君王政權，而是宣布成立共和國。」

「所以改了國旗。」

「沒錯，但或許是因為宗教、國土範圍並沒有改變的關係，所以至今仍然有很多人緬懷第二次世界大戰前，也就是沒有受到日本侵略，也還沒有獨立戰爭和獨裁政權之前的君王時代。」

幸代終於知道剛才那塊褪色剝落的看板為什麼還保留著以前國旗的原因。只是仍無法瞭解為什麼星間商事的稿紙浮水印會使用薩里梅尼的國旗圖案。

「怎麼了？」

聽到洋平的問話，陷入沉思的幸代抬起了頭。

「啊？」

「為什麼突然提起薩里梅尼以前的國旗？那時候我們還沒出生呢。」

沒錯，那時候洋平和我根本不在這個世界上。但是，「過去」在公司的昏暗資料室內抬起頭，靜靜地向幸代招手，小聲地向她呢喃。難道妳不想知道嗎？

「不，沒什麼。」幸代露出笑容，「只是有點好奇。」

晃子把五塊棉花糖丟進即溶咖啡裡，舔著油亮亮的嘴唇說：

「是啊。」

她用塑膠湯匙把浮在咖啡表面的棉花糖壓下去，不等棉花糖完全溶化就喝了一口。

「關於備品的訂購，可以去問一下總務，那裡可能會留下記錄。但是幸代姊，這樣會不會太危險？」

「有什麼危險？」

幸代不再對著咖啡吹氣，看著旁邊的晃子。為了減少體脂肪，幸代的咖啡裡沒加糖也沒加牛奶。

社史編纂室內只有幸代和晃子會在開始工作前喝咖啡，矢田向來都在週末大玩特玩，所以星期一一定會遲到。本間課長對星期幾這件事完全沒概念。

早上的的新聞報導說，關東地區已經進入梅雨季節了。即使在沒有窗戶的辦公室內，也可以感受到窗外下著綿綿細雨，實在太奇怪了。

「妳不是收到了恐嚇信嗎？」

晃子慢慢喝著加了棉花糖的咖啡，「我覺得妳最好還是別再調查『高度經濟成長期黑洞』的事了。」

「晃子，妳是不是查到了什麼？」

「沒有。」晃子無力地搖了搖頭，她難得皺起眉頭。「只不過聽到妳說薩里梅尼，有點在意而已。我以前在營業部時，曾經去過馬來西亞和菲律賓的分公司，關於薩里梅尼的風評好像不太好。」

「是有什麼問題的國家嗎？政局不安之類的？」

「不是，是薩里梅尼對我們公司的評價。我沒去過薩里梅尼，所以只是聽到傳聞而已，但我覺得最好不要再追查下去了。」

「是喔。反正我先去一下總務部好了。」

收音機體操的音樂一結束，幸代就站了起來，正準備開門，晃子問道：

「幸代姊，即使收到恐嚇信，妳仍然堅持調查，是為了公司嗎？」
「是為了編纂正確的社史啊。」
「即使對公司不利？」
幸代轉過頭，明確地回答說：
「當然啊。」
「我知道了。」
晃子終於鬆開皺緊的眉頭，恢復了往常的開朗。「我也會針對可能的方向調查，所以，妳不要一個人亂來喔？」
幸代走向晃子，用力握住她的手，然後走出社史編纂室。
總務部有窗戶，所有的辦公桌前都坐了工作中的員工。
這才是正常的辦公室嘛。想到大白天也光線昏暗、員工經常不見人影的社史編纂室，幸代忍不住嘆氣。
「公司用的稿紙？」
和幸代同期進公司的宮內挑著漂亮的眉毛問道。仔細擦了睫毛膏的睫毛費力地上下移動著。
「沒有稿紙啊，只有信紙和報告紙。」
「不，以前曾經有過。」
「以前？什麼時候？」

「應該是一九六〇年前後，我想知道為什麼會印稿紙，以及當時委託哪一家印刷廠印製，可不可以幫我查一下？」

「川田，妳是在社編室吧？」宮內轉動原本對著電腦的椅子，帶著冷笑抬頭看著幸代，「稿紙和製作社史有什麼關係嗎？」

幸代慌忙辯解說：

「我只是覺得最好瞭解一下公司以前使用的備品。」

「真羨慕妳可以這麼悠閒。」

幸代想起實咲之前也對自己說了類似的話。

「妳等一下。」

宮內站了起來，走去總務部隔壁的房間。幸代等在那裡，看著小水滴打在窗戶玻璃上，畫出一條條細線。

宮內從隔壁房間走回來後，遞給她一份資料的影本。

「應該就是這個。」

宮內遞給她的資料上寫著「訂購單　稿紙　框色・藍」，日期是一九六四年四月十日。那一年是舉辦東京奧運的年份。

「謝謝。請問知不知道是哪一個部門使用……」

「這就不知道了。」已經面對電腦工作的宮內對她揮著手，似乎在說：「我很忙，別再煩我了。」

沿著走廊走回社史編纂室時，幸代看著資料。負責印刷稿紙的印刷廠是興和印刷株式會社。

她在網路上查了一下，沒有找到相符的資料。打電話過去，也只有電話答鈴聲響個不停。說不定那家印刷廠已經倒閉了。改天親自上門去看看好了。幸代下定決心。

關於社史編纂這件事，聽說當時是董事長親自下令。「用高格調的文章和豐富的圖像，簡單明瞭地說明星間商事的發展史」。

之所以是「聽說」，是因為直接下達命令的是幽靈部長，幸代他們只是從本間課長的口中得知，「董事長也很期待社史出爐，應該是這樣。」

幸代當時就覺得「因為董事長的堅持而推動的社史編纂工作」這種說法有點可疑。

董事長必須為社史卷首寫卷首語，之前幸代寄了電子郵件給董事長的祕書，說明頁數和截稿日，同時在電子郵件中說明，社史編纂室課長本間希望能夠向董事長當面說明，不知董事長何時方便撥冗會見？三天後收到了回覆，上面寫著「董事長指示，有空會寫，本間不必特地前來」。

董事長顯然覺得社史的編纂工作「無關緊要」，從計畫在第六十一年這種不上不下的時期完成已經擱置了六十年的社史這件事，就知道星間商事株式會社根本不在意自家公司的歷史。

本間課長說「董事長向部長下達指示」的說法也很可疑。因為無論是幸代還是矢田，或是晃子，都從來沒見過部長。他們曾經私下討論，認為那是只存在於課長腦袋裡的虛幻部長。董事長向虛幻部長下達指示，然後再轉述給課長。也就是說，搞不好是課長的幻聽。

這麼一來，董事長似乎認為社史「無關緊要」，以及無論再怎麼委婉表達，社史編纂室所受到的待遇，就是被高層視為「降職部門」的情況，就有了合理的解釋。如果真的是董事長親自推動的企劃，根本不可能在灰塵漫天、窗戶都被遮住的房間內，只由四名員工（不包括存在的真實性受到質疑的幽靈部長）總結六十年的歷史。

受到課長不知道是瘋狂還是天真的夢想影響，全心投入根本沒有人希望看到、也不會受到任何注意的社史編纂工作太愚蠢了。雖然覺得愚蠢，但幸代個性踏實，一旦著手投入的工作，就不會半途而廢。

整天吃零食的晃子和成天在女人堆裡打轉的矢田原本都在重要部門工作，工作能力很強，只是引擎不容易發動而已。幸代猜想這兩個人都屬於面對老師的追究顧左右而言他，遲遲不肯交暑假作業，結果就又一路混到寒假的那種學生。

遇到沒有充分發揮性能的引擎，唯一的方法就是把它踹醒。

「來來來，打起精神。」

「快快快，把零食收起來。」

幸代激勵矢田和晃子，為他們安排好工作。晃子負責和設計師溝通，矢田負責攝影和排版的發包與監督工作，幸代則負責找撰稿人。

事情一旦決定之後，這些人的行動變得很迅速。

幸代首先打電話給那些之前用稿紙寫信希望能夠採訪的退休員工。總共有十一人，包括熊井在內，幸代已經採訪了其中的五個人。

「日前我寄了要求採訪的信，不知道您是否願意接受採訪？」有四個人答應了，三個人以「我很忙」為由拒絕，有兩個人假裝不在，還有另外兩個人真的不在家，無法取得聯絡。熊井出門去看電影了。

那些拒絕採訪和假裝不在家的人並沒有明顯的共同點，也不是因為覺得再度採訪太麻煩的關係（有三個人是初次邀請，卻遭到了拒絕），退休前所在的部門也各不相同。願意接受採訪的人大部分都曾經在營業、企劃和開發部門工作，拒絕的人則以總務、會計和人事部門居多。幸代認為也許可以留意這個現象。

總之，再度採訪一事已經有了眉目。幸代接著和一位之前在購物中心開發案中曾經合作的經濟雜誌和情報雜誌自由撰稿人聯絡，希望對方可以將之前蒐集到的星間商事退休員工回憶整理成稿。因為必須從聽打錄音檔逐字稿開始做起，是一項麻煩的工作，但對方欣然接受。也許是因為截稿期充裕，再加上幸代以下這番話起了作用。

「雖然不能影響內容的正確性，但我希望可以寫一部閱讀起來充滿趣味的社史。因為公司完全不重視這部社史讓我很不爽，所以至少希望內容可以充滿亮點。」

幸代希望人物採訪內容力求生動。對方答應接下所有的人物採訪，雙方還約定，如果有需要會安排直接採訪，人物評傳的部分進展得很順利。

公司的沿革和詳細的事業內容則根據在公司內部的聽取調查和資料，由社史編纂室的員工執筆。幸代正在煩惱工作分擔和頁面分配時，接到矢田用內線打來的電話。

「我正在員工食堂拍照，妳可不可以過來一下？」

下午三點的員工食堂內沒什麼人，窗邊的餐桌上鋪了一塊黑布，周圍架著三盞攝影燈，感覺像是簡易攝影棚。矢田和一臉為難的攝影師看著桌子，不知道在討論什麼。

「怎麼了？」

聽到幸代的聲音，兩個人同時轉過頭。

「我們正在拍攝物品。」

矢田說。桌子上的確放著鋼筆、獎杯和小型胸像。優秀員工獲贈董事長獎的鋼筆；因為注重環境之類的名目而受到表揚，獲得公司頒發的獎杯；還有在退休時得到的創始者胸像（材質不明、量輕、員工評價極差）。矢田似乎打算用照片頁呈現與星間商事的相關物品。

「我希望頁面有閃亮的感覺，但攝影師說『不符合社史的感覺』，不願意配合。」

「因為啊，」留著小鬍子的中年攝影師說：「矢田先生說，要把燈光打得像星光閃耀的感覺，然後從略微俯瞰的角度拍胸像。」

「我希望能拍出那種好像在拍可愛的泳裝女生的感覺。」

矢田補充道。攝影師可能覺得這根本在惡搞，所以拚命向幸代哀訴。

「用這種方式拍大叔的胸像不是很奇怪嗎？拍鋼筆的時候，矢田先生也說『要蓋上薄紗襯托美感』。」

「如果只是照實拍攝，一定超無趣的啊。」

幸代希望趕快遠離這些爭執。她揉著漸漸發疼的太陽穴，提出了四平八穩的折衷方案。

「那可不可以請你同時拍攝正常版和閃亮版？」

幸代也將稿紙作為「星間商事使用過的歷代文具」，請攝影師拍了照。

食堂大嬸都好奇地看著試拍的兩種拍立得照片。

「我覺得這種比較好。」

「我也是，雖然是大叔的胸像，但拍出這種韓流明星的感覺很棒啊。」

「太讚了！」

矢田做出勝利的手勢，攝影師無力地搖搖頭。

幸代突然對社史最後呈現的樣子感到極度不安。一定要在版權頁上明確記載由誰負責哪些頁面。

匆匆回到社史編纂室，剛好看到晃子拎起包包。

「啊！幸代姊，我要去和設計師討論社史的裝幀，妳可以陪我一起去嗎？」

晃子除了時尚雜誌以外，幾乎不看任何書報，似乎對要負責社史的裝幀一事感到不知所措。

第一次討論完全交給後輩處理的確令人不安。幸代在白板上寫了「直接回家」後，和晃子一起離開辦公室。

玻璃帷幕的設計事務所位在表參道上，即使在後巷的一整排時尚店面中，也很引人注目。

這種設計公司真的願意接社史這種不起眼書籍的裝幀案子嗎？幸代有點畏縮，但設計師親切地迎接幸代和晃子。

挑高的作業區（雖然作業區這三個字很不符合眼前所看到的空間，但幸代想不到其他適當的字眼）內，幾名助理正坐在最新型的Mac電腦前工作。

接待區位在作業區的角落，和設計師相互交換名片後，雙方在茶几兩側的黑色皮沙發上坐了下來，沙發椅腳是金屬製的。一名助理恭敬地把裝了冰花草茶的玻璃茶杯放在三人面前。

「我是第一次接社史裝幀的案子。」

設計師把一頭鬈髮綁在腦後，看起來很斯文。他看著晃子，「呵呵」地笑了起來。

「幸好我接了這個案子。妳本人也很可愛耶，我可以叫妳晃子嗎？」

「好的，請多關照。」

晃子喝著花草茶，小聲向幸代說明了情況。「我寫信委託後，設計師請我在信件中附上我的照片。」

不要根據客戶的臉蛋決定工作！幸代內心感到憤怒，但設計師樂不可支地打開資料夾，充滿時尚感的資料夾和幸代使用的辦公用品大不相同，一看就知道散發出「來自法國」的氣息。哇。幸代暗自想道。設計師抽出幾張紙，排放在桌子上。

「我想了幾個方案。」

他的工作效率乎不錯。幸代說了聲：「我看一下。」拿起設計稿。雖然封面設計很簡單，但文字的排列富有美感，無懈可擊，而且書名下方巧妙地刻上了星間商事的徽章（星形中有一個「間」字，而且「間」字的「日」部分也使用了星形，感覺很詭異的社章）也別具匠心。

不愧是（似乎）當紅的設計師。幸代不由地感到佩服，晃子在一旁探頭「咦？」了一聲。

「沒有書盒嗎？資料室裡那些同業商社的社史都裝在盒子裡。」

「以目前的預算不可能啦。」設計師搖著手，「我的設計向來都控制在預算範圍內。」

「是喔。好可惜。」

晃子一臉沮喪的神情似乎刺激了設計師的男人心（或者說是色心）。

「怎麼了？妳想做得更花俏嗎？」

「對啊，既然都已經要做了。」

「那就不要在布封面上的書名燙金，改用磅數厚一點的紙，文字則採用霧面印刷，書背改成方背，然後再加上書衣。書衣上放一張大型照片，做成花俏的樣子。取下書衣後就是很穩重的封面。怎麼樣怎麼樣？」

晃子雖然聽不懂設計師滿口的專業術語，但還是附和著說：

「好啊好啊！我覺得超棒的。」

幸代根本來不及插嘴，他們就接二連三地決定了。

「有沒有適合的照片？」

「我在資料室曾經看到一張超珍貴的照片！是目前總公司大樓所在位置還是被燒成一片荒地的樣子！」

「好啊，很有意思啊！」

一點都不好。社史的主旨是要在至今為止的六十年基礎上飛向明天，書衣上為什麼要用燒成一片荒地的照片？

「呃……，這好像不太好。」

幸代提出了異議，晃子和設計師都失望地「啊……」了一聲。

「我覺得那張照片很棒啊。」

「那這樣好了，」設計師採納了晃子的意見，又提出了新的方案，「把那張照片用在內封上，是黑白照吧？然後放大，從封面到封底把整張圖放滿版，書名則用鮮血的紅色。書衣上用目前商社建築物的照片，刻意營造出沒什麼新意的感覺，但一拆開書衣，就讓人有『喔喔』的感覺。」

「哇噢！太讚了！」

本間課長將針對裝幀的設計做出最後的決定，但無論是怎樣的裝幀，課長應該都會同意，幸代在這裡操心也無濟於事。既然晃子和設計師一拍即合，他們高興就好。

討論結束後，天色還很亮。梅雨季節已經進入尾聲。

「晃子，妳等一下有事嗎？」

「找個地方吃飯就回家了。」

「那妳要不要陪我去一個地方？」

幸代從皮包裡找出這幾天都隨身攜帶的稿紙，「我想去當初印製這種稿紙的印刷廠看一下。」

幸代和晃子在表參道搭半藏門線，在二子玉川車站下車。

「我是第一次來二子玉。」

「我也是。」

因為不熟悉周圍的環境，所以她們在車站前攔了計程車。

「不知道能不能報帳。」

晃子不安地問。幸好計程車很快就抵達了幸代所說的興和印刷廠所在地。這家印刷廠位在幹線道路後方的用賀住宅區內，是棟兩層樓的灰色小房子。一樓是工廠，二樓是辦公室。周圍都是獨棟的住宅，這棟房子散發出「老子很久以前就在這裡開印刷廠」的無敵風格，老舊得簡直像是直接從地面長出來的。幸代覺得房子的窗框也有點歪斜。面向馬路的入口是裝了磨砂玻璃的拉門，上面用快要剝落的金色文字寫著——

「興和印刷株式會社

　承接公司用信紙、信封、名片等印刷業務」

被暮色籠罩的四周聽不到機器的聲音，二樓的窗戶透出燈光。

「怎麼辦？」

「既然來了，就進去看看啊。」

拉門旁還有另一道門，似乎是通往二樓的樓梯。幸代按了門旁的對講機，不一會兒，傳來一個沙啞的男性嗓音。

「今天已經休息了。」

「不，我只是有事些想請教。」

「妳是警察嗎？」

「幸代姊、幸代姊，」晃子拉著幸代的包包，「妳不覺得有點可怕嗎？這裡搞不好是印製假鈔的地下工廠。」

「怎麼可能？這裡看起來不像有這麼高級的機器，沒問題啦。」

雖然幸代沒什麼自信，但還是這麼對晃子和自己說。

「喂！別在那裡鬼鬼祟祟。」

對講機中傳來聲音。

「不好意思，我們不是警察，是星間商事株式會社的員工。」

這一次，另一頭很久都沒有傳來回答。幸代正打算再度按對講機時，另一端傳來一個冷淡的聲音說：

「上來吧。」

幸代和晃子打開門，沿著昏暗的樓梯往上走。走上樓梯後，看到兩道廉價的夾板門。「節約用水　馬桶使用兩次再沖一次水！」看到走廊上這張手寫的紙，猜想其中一間應該是廁所。幸代遲疑了一下，打開左側的那道門。幸好猜對了。

室內堆滿了紙箱，與其說是辦公室更像是倉庫的房間中央，有一張鐵製的老舊辦公桌，身穿工作服的老人坐在辦公桌前看報紙。

「不好意思，突然上門叨擾。」

幸代說道。老人把老花眼鏡推到額頭上瞪著她。看起來是一個頑固的老人。

幸代和晃子向老人遞上名片，還遞上了為了以備不時之需，事先在表參道買的點心禮盒。老人自報姓名說：「我是水間。」然後當場拆開包裝紙，打開點心禮盒。

「喔，我第一次看到這種點心，這叫什麼？」

「馬卡龍。」

「馬可羅!?」

「不，呃……」

水間在嘴裡塞了好幾個馬卡龍，「嗯，好吃。」他的態度似乎稍微軟化了。

「所以呢？星間商事找我有什麼事？」

「請問你記得這個嗎？」

幸代把有月牙和星星浮水印的稿紙放在辦公桌上。「應該是很久以前委託貴廠印刷的，如果你知道什麼這方面的事，不知道是不是方便告訴我。」

水間面不改色，也沒有伸手拿稿紙。

「這方面的事，是指哪方面的事呢？」

「比方說，」

幸代遲疑了一下，覺得水間在試探自己到底調查得多深入，所以決定亮出手上的王牌。

「就是為什麼浮水印會採用薩里梅尼以前的國旗圖案。」

「是喔。」

水間抽出壓在馬卡龍禮盒下的幸代名片打量著，他把名片拿得很遠，而且瞇起眼睛，但似乎仍然看不到上面寫的字。他的右手在桌子上摸來摸去，好像在找老花眼鏡。
「在你額頭上。」
晃子用開朗的語氣說道。
「啊，喔。」水間繼續嚼著嘴裡的馬卡龍，把老花眼鏡從額頭上拿下來。幸代沒想到會見識到這麼生活化的對話，忍不住有點驚訝，但水間似乎也覺得有點糗，所以也就沒有多說什麼。
「是社史編纂室啊。」
水間再度把老花眼鏡推向額頭，連同椅子轉過身，抬頭看著站在一旁的幸代和晃子。
「如果想要做一本受到公司好評的社史，就別再過問這些稿紙的事。」
「公司對我們的評價，已經差到無論我們做出怎樣的社史，都不會有任何影響了。」
聽到幸代的回答，水間「嘿嘿嘿」地笑了起來。
「真有出息啊。好，那我就告訴妳。因為只有用這個，」他指了指稿紙，「才能和薩里梅尼的女神溝通。」
女神是怎麼回事？幸代微微偏著頭。可能是什麼比喻吧。
「為什麼？」
「因為女神很特別吧，所以你們公司持續印製這種稿紙，特別為女神印製的。」
「那位女神為什麼需要這種稿紙？」
「詳細情況我也不太清楚，如果妳們想進一步瞭解詳情，就去一家名為『星花』的店吧。星辰的星，花朵的花。」

「那家店在哪裡？」

「不知道。聽說差不多十年前從新橋搬到外苑前了。之後就沒消息了，也不知道現在還有沒有在經營。」

水間再度面對桌子，好像趕狗一樣對她們揮了揮手。「總之，我不想再和你們公司有任何牽扯，印製可憐的活祭品喜愛的商品，一輩子只要有一次經驗就足夠了。」

走出興和印刷廠，天色已經完全暗了。沿途遲遲不見計程車，她們沿著幹線道路走到車站。

「幸代姊，」晃子小聲地說：「以前在營業部被派去東南亞的時候，我曾經聽說活祭品的事。」

「活祭品聽起來好可怕。」

「對啊。雖然不是在薩梅里尼，但在某個國家生意談得不是很順利時，我也差一點被當成活祭品。」

「什麼？」

「分公司總經理派我去飯店的大廳，結果有一個看起來像是那個國家政府高官的人在那裡等我，差點就被他帶到房間去。」

「什、什麼？」

「我用手肘撞他，然後就逃走了。」

車頭燈的燈光中，晃子的臉因為憤怒而發白，「我去向總經理抗議，他反而罵我：『妳搞不清楚狀況，還不瞭解為什麼像妳這麼年輕的女生會被派到營業部嗎？』我很生氣，跑去向總公司的營業部長投訴，結果就被貶到社編室了。」

「原來曾經有過這種事。」

幸代向來以為這家公司的氣氛和樂融融，沒想到竟然強迫員工用這種卑劣的手段做生意。她也怒不可遏。

「分公司總經理說：『活祭品是我們公司的傳統。』我在那裡聽說我們公司以前曾經用船把女人送去薩里梅尼。」

晃子一臉嚴肅的表情，「所以我在想，妳不覺得這和本間課長的小說設定很像嗎？」

「小說……」幸代搜尋著記憶，「喔，他提到『美女搭上了前往異國的船隻』。」

「課長是不是想以小說的方式，揭露星間活祭品的祕密？」

很難相信本間課長有這麼深謀遠慮，但幸代還是和晃子約定，一定要查明真相。雖然不知道本間課長提到的「前往異國的美女」是否在暗示人口販賣或是活祭品這件事，但既然晃子差一點被迫陪高官上床，就不能放過這件事。

她們帶著怒氣走著，不知不覺來到了車站，便在車站大樓的餐廳吃晚餐。

「改天找一下那家叫『星花』的店，然後去那裡看看。」

「接下來會很忙，根本沒時間吃飯啊！」

晃子雖然嘴上這麼說，但還是大口咬著大漢堡。

「所以，你是叫我對貪贓枉法的事睜一隻眼、閉一隻眼嗎？」

六、

☆ ☆ ☆ ☆ ☆ ☆

「那也無可奈何啊。」

野宮安撫了氣鼓鼓的松永後下了床，「一般職員就是隨時可以替換的零件，為一些不必要的事引起風波，到時候被換掉怎麼辦？搞不好明天連飯碗都保不住了，最好的方法，就是假裝什麼都不知道。」

「怎麼可以……。」

松永握著拳頭，低下了頭。野宮俐落地穿好衣服，拿起公事包。

「現在還有電車。我明天一早還要上班，那就先走了。」

「野宮先生，等一下！」

松永從床上跳了下來，抓住他的肩膀，「你是認真的嗎？」

野宮嘆了口氣，回頭直視松永的臉。

「當然是認真的，傻瓜才會去檢舉。對了，你不要自己去做一些莫名其妙的事。如果出入我們部門的其他公司員工檢舉影印機租賃的賄賂情事，我在公司還有臉見人嗎？」

那我走了。野宮推開松永的手，頭也不回地走出公寓。

入夜之後，空氣仍然又溼又熱。野宮快步走向地鐵車站，對自己說：「這樣就好。」

沒錯，年輕的松永沒必要冒著風險去檢舉齷齪的賄賂，這是即將退休的自己肩負的使命。

即使不得不因此和董事對決，我也要檢舉公司內部的不法行為。

野宮努力地挺直背脊，克制著內心湧起的千頭萬緒。即使遭到誤會、遭到輕視也無妨。必須離開松永，無論如何都不能把他牽扯進來。

希望他不必瞭解社會的黑暗面，從此出人頭地。這是野宮的心願。

野宮發現自己已經很久沒有這種希望別人得到幸福的想法了，他再度發現松永的熱情充分滋潤了自己的內心。

謝謝。野宮在心裡說道。如果被松永聽到，一定又會笑著說：「野宮先生，別說這種像老人一樣的話。」但是，除了「謝謝」以外，野宮不知道該對喚醒自己內心那份愛的人說些什麼。

真的很謝謝你。也許再也沒有機會對你說這句話了。

野宮仰望著夜空，朦朧的星星撒落在夜空中。

☆　☆　☆　☆　☆　☆

嗯，松永和野宮的關係也即將發生重大的變化。幸代停下正敲打著鍵盤的手，確認放在一旁的筆記本上寫的大綱。

月間商事多年來，都向松永任職的「伊康」租賃影印機，但最近聽到傳言，公司即將和「伊康」解約，改為租用「伊康」的競爭對手「嘉能」的影印機。據說月間商事的董事接受嘉能的招待，而且有金錢往來。野宮是否能夠掌握不法行為的證據，在公司內部檢舉？野宮為了心愛的人，在公司內孤軍奮戰，年輕的松永是否能夠支持他？兩個人的戀情正面臨重大的考驗。

很好很好，劇情的發展一如預期。幸代很滿意，又打開記事本，計算著到截稿日之前的日子。這方面並不太順利，如果不加快速度，恐怕就來不及了。

雖然關東地區的梅雨季節還沒有結束，但氣候已經搶先邁入夏季。早晨晒在陽台上的兩條白色床單反射著陽光。幸代一如往常，週末都在家裡寫同人誌的文稿，覺得肚子餓了，就到廚房去把冰箱裡剩下的蔬菜切碎後丟進平底鍋，炒成一碗炒飯。

這幾天，洋平不見蹤影。他可能快要出門旅行了。

洋平一旦想要去流浪，就好像聽到了風的召喚，幾乎不回家。然後會在某一天，突然不告而別，踏上旅程。洋平在私生活中不用手機，所以無法聯絡到他。雖然幸代知道他早晚會回家，也知道他不是那種沒有說清楚就分手的隨便男人，但那樣的日子仍然令她感到不安。

幸代假裝沒有察覺內心的預感，大口大口地吃完炒飯。

手機震動，顯示收到了訊息。是實咲傳來的。

「我有事想談談，今天傍晚有空嗎？五點樂樂亭見。」

樂樂亭嗎？雖然才剛吃完炒飯，但沒關係。幸代回覆說：「知道了。」
到了樂樂亭，幸代發現英里子也來了。實咲到底要談什麼？幸代用眼神問英里子，英里子聳了聳肩，表示「我也不知道」。

實咲率先點了菜，當啤酒送上來時，她對大家說：「乾杯。」她今天的情緒特別高漲。難道她決定和添田先生結婚了嗎？幸代暗中猜想。雖然目前的心境很不想聽別人炫耀和另一半有多恩愛，但既然是朋友一輩子只有一次（第一次結婚時，大部分人都這麼相信）的大喜事，恐怕不得不聽。幸代再度吃著炒飯，等待實咲開口。

幸代只猜對了一半，另一半猜錯了。因為實咲說：

「我決定和他結婚，同時，我要退出『月間企劃』社團。」

「咦——！」

幸代差點把飯粒從嘴巴吸進鼻子裡，英里子被啤酒嗆到，眼淚都快流出來了。

「為什麼？」

「因為我要結婚了。」

「結婚和製作同人誌沒有關係吧？我現在不是也還在製作嗎？」

「我做不到。而且也不想背著他參加同人活動。」

「妳之前不是一直都背著他嗎？」

無論幸代和英里子怎麼勸說，實咲都不願意點頭答應留下。

「從今以後，我想要成為普通的女人。」

「妳以為自己是糖果合唱團的偶像嗎？」

幸代忍不住怒吼道。她趕快喝了口啤酒調整呼吸，讓自己的心情平靜下來。

「實咲，聽我說。妳仔細想一想，妳人生將近三分之二都是同人女。如果奪走妳製作同人誌、看同人誌的興趣，那妳還剩下什麼？」

「幸代，妳說得太過分了。」

英里子勸解道，但幸代沒有理會，繼續說了下去。

「不，妳至今為止的人生，有超過一半是同人女，同人誌已經不只是妳的興趣，而是妳的人生！所以，一旦妳拋棄了同人誌，就等於拋棄了妳的人生！」

「幸、幸代，妳的樣子好可怕，根本就是邪惡的算命師……！」

英里子有點被嚇到了。

「即使這樣也沒關係！」實咲反駁道，「我更要拋棄！我要重新設定我的人生！我要徹底清算在電視上看到執政黨和在野黨的黨魁辯論，在兩個老頭子身上也可以看到萌點的自己！然後抓住身為女人的幸福！」

「什麼是身為女人的幸福？」

幸代向她確認。

「要成為大家眼中可愛的女人，讓婆婆也喜歡我，然後生兩個孩子，去社區大學學法文和手語，然後利用這些專長，在家事之餘賺一點錢，週末和老公兩個人去咖啡店吃午餐！」

聽到實咲的回答，幸代和英里子忍不住「啊哈哈」、「啊哈哈」地笑了起來。

「妳的腦筋是不是出了什麼問題？」

「如果妳想這麼做，當然也沒問題，但我告訴妳，男人只會播種，對他們來說，照顧孩子這件事和他們無關喔。所以妳也許必須考慮到日後會為這種事生氣消耗很多精力。」

「呃？英里子，妳老公不是會幫忙照顧孩子嗎？」

幸代問。

「會幫忙照顧的不是正常人。」

「為了讓妳們對將來做好心理準備，」英里子對著幸代和實咲娓娓道來。「照理說，既然是自己的孩子，照顧孩子不是理所當然的事嗎？但沒有人會說『太太會幫忙照顧孩子』，卻會稱讚『會幫忙照顧孩子的老公』，不是很奇怪嗎？」

「那倒是。」

「這就是我生了孩子之後最大的領悟。」

英里子很無奈地搖了搖頭。「幸代，妳周圍應該有很多媽媽在上班，她們是不是經常說，『想到沒辦法陪孩子，讓他們感到孤單，就覺得很難過』？」

「對。」

幸代想起在員工食堂時和同事之間聊天的內容，點了點頭。

「但是，很少會有男人說：『我工作太忙了，所以讓孩子感到很孤單』這種話。可見在男人眼中，照顧孩子根本不關他們的事。這是正在照顧兒女的我深刻的體會。」

「喔！原來如此。」

幸代就像英里子指責的那些男人一樣，離照顧孩子這件事很遙遠，所以不由得對這種見解感到佩服起來。被晾在一旁的實咲一臉不悅地說：

「我知道這是在畫大餅、不切實際的夢想，但反正我要從同人界金盆洗手。」

「夏季動漫市要出的新書怎麼辦？」

「不好意思，就請妳們自己解決了。」

和實咲道別後，幸代和英里子在回家的電車上，拉著吊環，不停嘆氣。

「真是傷腦筋。」

「現在怎麼勸她都沒用啦。過一段時間再和她溝通看看。」

因為一直以來都是三個人合作，所以實咲突然說要離開，難免會受到衝擊、感到無力。當對方提出離婚或是樂團解散時，也是這種感覺嗎？雖然幸代沒結過婚、也沒有組過樂團，但忍不住這麼想道。

「也許實咲會改變心意，」英里子安慰她，「即使只有我們兩個人，也要繼續完成稿子。」

「是啊。」幸代努力讓自己振作，「對了，她的婚禮是什麼時候？剛才忘了問。」

「也忘了恭喜她。」

唉。幸代和英里子忍不住為自己的不爭氣嘆息。

那天晚上，洋平也沒回家。

幸代在因為嘆了太多氣而充滿二氧化碳的房間內，遲遲無法入睡。

晃子今天也活力充沛地做著收音機體操。矢田一大早就躺在沙發上問：

「找到寄恐嚇明信片的人了嗎？」

「嗯。還沒有。」

幸代冷冷地回答。

「幸代姊，妳怎麼了？」晃子停止揮動手臂，探頭看著幸代的臉，「妳整個人懨懨縮縮的。」

「川田，妳的胸部繼續縮下去……」

幸代丟了一個大長尾夾過去，讓他閉嘴。

「因為發生了很多事。」

幸代在辦公桌前托著腮，晃子摸著她的頭說：「沒事、沒事。」

「發生很多事也沒關係啊。妳有男朋友，有工作，還有那個什麼同人誌的興趣愛好，很幸福啊。」

「是嗎？」

「是啊。」晃子笑了笑，說：「對了，我搜尋了『星花』。」

幸代立刻把手放下，挺直身體。

「有找到嗎？」

「有。是在外苑前的創作和食餐廳，就是這個。」

電腦螢幕上出現了餐廳的網站，看起來像是高級日本料理餐廳，但看了菜單，並不至於貴得吃不起。

「那我們去吃看看吧。」

「要不要預約？可以用網路預約喔。」

「也許不要讓對方知道我們是星間商事的員工比較好，用電話預約吧。」

「好耶。」

回答的是不知道什麼時候站在她們身後的矢田。他立刻拿出手機，記下了網站上寫的餐廳電話。

「矢田先生，你幹嘛？」

「這家餐廳看起來很不錯啊，我也要去實地考察一下，看能不能作為約會的地方。」

「約會？砲王學長，你有交往的對象了嗎？」

幸代發現晃子的口氣中帶著些許緊張。

「晃子，不必擔心，我的愛會公平灌溉所有的女人。」

「啊！原來是這樣。真不愧是砲王學長！」

「晃子，妳的份我請客。啊，川田，妳要自己付錢。」

這算哪門子公平灌溉？但幸代並不指望矢田請客，所以沒有多理會他，只敷衍地回答說：

「好啦好啦。」

幸代伸出手操作晃子電腦的滑鼠，點選了「主廚推薦的當季料理」和「老闆娘的話」。老闆娘五官很漂亮，穿著一身素雅的和服。從照片上來看，應該已經超過六十歲，但有點猜不透具體年紀。

接著，幸代又點開了「顧客評論」的頁面。上面放著生日當天去那裡用餐的情侶照片，以及客人寄的信和電子郵件。

幸代的目光停在其中一封信上。

「每道料理都美味無比。聽到我說最近血糖有點高，在配菜上也特地細心搭配，這種貼心的服務令人感動不已。東京都・熊井昭介」

啊！那個老頭果然不單純，竟然還裝糊塗，用一句「不顧一切地向前衝」打發我！如果恐嚇信是你寄的，我絕對饒不了你！

幸代的血壓飆升，忘了對前輩的禮儀，傲然地指示說：

「矢田先生，請你盡可能預約最近的日子！」

無故被遷怒的矢田乖乖地回答說：「好。」晃子悠然地把至今為止的來龍去脈告訴他。

★　★　★　★　★

阿幸除了是名忍者外，為了掩人耳目還開了家小餐館。

本間在不大的餐館內喝著冰酒，用滷馬鈴薯當下酒菜。格子窗外的天空中，掛著像指甲般的一彎新月。

「課長。你再不回去，你夫人又要你跪洗衣板了。」

「別叫我課長。而且我老婆今天出門去看戲了。」

入贅女婿沒有地位。即使結婚數十年，夫妻終究是別人。想到即使去了極樂淨土，還要繼續和那個悍妻當夫妻，便後悔不該當初結下了孽緣。本間甚至覺得，既然如此，乾脆此生永遠不死，就不會有來世了。但是，如果不死，就代表這輩子要一直和老婆當夫妻。這也很傷腦筋，況且，即使太陽從西邊出來，老婆也不可能比他早死。

活著要面對悍妻地獄，來生還是悍妻地獄。

本間喝完杯中的酒，正在自嘲時，店門打開了。陳平連滾帶爬地衝了進來。

「啊喲！陳平，發生什麼事了！」

向來冷若冰霜的阿幸難得用急切的聲音問道。右手臂負了刀傷的陳平說：

「噓，小聲點。」他忍痛說道，然後對著店門外那一片漆黑說：「請你進來。」

一個像是生意人的年輕男子跟在滴著血的陳平身後走進小餐館。

「陳平，到底是怎麼回事？」

本間站起來扶著陳平，「這位是？」

「我在祕密行動中認識的，他是月間屋的夥計清助。」

「本間大人，請你一定要幫幫我……！」

名叫清助的年輕男人磕頭跪拜著訴說了以下的情況。

清助年幼就在月間屋當學徒，和同樣在月間屋打雜的阿柚兩情相悅。他們相互扶持、相互鼓勵，在月間屋認真工作，打算有朝一日自立門戶，成家立業。

沒想到阿柚突然失去了蹤影。月間屋的老闆說，出島分店人手不夠，所以派阿柚去那裡幫忙。

阿柚不可能沒有打一聲招呼就去出島分店。清助擔心不已，因為以前月間屋也不時發生打雜的年輕女孩突然辭職或是被派去出島分店的事，但從來沒有人回來過。而且，當這些女人消失的不久後，「月印紙」的進貨量必定增加。

清助覺得事有蹊蹺，偷偷調查了月間屋的帳冊，也偷看了老闆的日記，結果發現那些消失的女人全都搭上了收購月印紙的船隻，從出島前往異國。

「怎麼會有這種事！」

正在為陳平包紮的阿幸怒不可遏，勒緊了繃帶。「痛、痛啊！」陳平大叫起來。

「所以那些女孩是月間屋為了買到更多紙，被強迫作為貢品送往異國嗎？」

「是的。」清助臉上充滿悲慟，「聽說阿柚目前被關在出島分店，近日就要搭船前往異國。」

「我和清助總算甩開月間屋的人，趕快回來通報。」陳平補充說：「本間兄，我們無論如何都要營救阿柚小姐。」

「那當然，」本間用力點頭，「豈可讓在江戶蔓延的惡事繼續囂張。阿幸，妳立刻寫信告訴小晃，讓小晃要求熟客的將軍暫緩出島的船隻出航。」

「是！」

「清助，我們一定會順利營救出阿柚小姐，你就放心在這裡等好消息吧。」

「感謝大人！」

無辜的草民在哭泣。密探奉行本間正無法安眠，將討伐跋扈的巨惡……！

★　★　★　★　★　★

「本間課長，你是入贅女婿嗎？」

晃子問。

「說人家是『草民』也太失禮了吧。課長，你自己不也是個普通老百姓嗎？」

矢田笑了起來。

幸代不發一語地揉著太陽穴，輕輕放下本間課長給她的文稿。故事內容的確和身為營業部成員、卻被送去海外當活祭品的晃子經歷有幾分類似，也許和星間商事在東南亞一帶的負面評價有某種關係。話說回來，課長非要用這種「偽歷史劇路線」來創作嗎？

「好了好了，你們根本搞不清楚狀況，這些都不是重點啊。」

本間課長因為創作順利，所以心情特別好。「其實我是密探奉行大人。怎麼樣，是不是嚇到了？接下來就要好好懲罰月間屋了。阿幸、小晃、陳平！你們就跟著我大顯身手吧。」

我拒絕。

下班鈴聲一響，幸代立刻關掉電腦。

「我先告辭了。」

「川田，怎麼回事？今天溜得特別快。」

「我哪有溜？只是回家而已。我今天的工作已經充分、徹底地完成了。」

「啊！幸代姊，等我一下，我也和妳一起走。」晃子把零食和小鏡子都收進包包裡，「如果不快點就趕不上預約時間了。」

幸代趕緊對她「噓」了一聲，但已經來不及了。本間課長已經聽到了，他稍微離開椅子問：

「什麼什麼什麼？預約是怎麼回事？」

「沒事，辛苦了。」

幸代催著晃子準備離開社史編纂室，矢田也雙手空空地站起身來，「我也要下班了。」啊！笨蛋矢田。真是有夠不機靈。要有一點時間差啊！時間差！雖然幸代內心焦急不已，但仍然故作鎮靜。

本間課長只有在這種時候才特別敏銳。

「喔？你們三個要去吃大餐喔？好羨慕，為什麼都不約我？」

誰願意和上司（而且是本間課長）一起吃晚餐啊？

「好啊好啊！那就下次吧，差不多年底的時候。」

幸代答應道，關上社史編纂室的門。

「那不就是尾牙嗎？你們幾個人感情真好，太不夠意思了！」

門內傳來本間課長鬧彆扭的嚷嚷。幸代、晃子和矢田不敢直視來往的其他同事，快步沿著走廊離去。

他們搭乘地下鐵，在外苑前車站下車，沿著階梯往上走，「星花」就靜靜佇立在從大馬路往南青山方向的巷道內。

白木格子門內通往玄關的石板小徑上灑了水，雖然位在市中心的高級地段，這裡的空間仍充滿奢華感。星光閃爍的向晚天空下，是一片綠油油的芭蕉葉，腳下的卷丹百合爭奇鬥豔。

雖然是創作和食餐廳，布置卻充滿南國風情。走在最前面的幸代忍不住邊偏著頭感到納悶，邊打開玄關的拉門。門上的老舊玻璃表面微微起伏，透出淺淺的橘色光線。打開拉門後，一陣淡淡的線香味飄來，年輕服務生恭敬地上前迎接。

「歡迎光臨。」

年近四十的師傅正在吧檯前招呼看起來像是老主顧的中年上班族，俐落地用料理刀切著食物。他抬眼看向幸代一行人，說了聲：「歡迎。」

「妳不覺得這裡的每個人都很帥嗎？」

晃子在幸代背後拉著她的襯衫說道。

「我也這麼想。」

幸代小聲回答。

服務生把他們帶到簡單隔開的半包廂餐桌旁，窗外是剛才走過的石板小徑。芭蕉樹剛好發揮了遮蔽作用，感覺好像是叢林裡的餐廳。

三個人研究了菜單後選擇最便宜的套餐，但仍要價六千三百圓。還要加上酒錢，而且三個人酒量都不差。幸代想到自己的荷包，差點哭出來。

「妳是不是在想，這些錢不知道可以買多少漫畫和同人誌？」

矢田一語道破。

「才沒有呢。」

幸代急忙否認。晃子開始看甜點菜單了。套餐已經附了水果和甜點，她似乎覺得還不夠。

三個人用冰啤酒乾杯後，安靜地吃著料理。朱漆的托盤上放了好幾碟開胃菜，豆皮和汆燙木瓜絲的擺盤都格外賞心悅目。菜餚的口味很清淡卻富有層次感，令人食指大動。

在新鮮的生魚片送上來時，他們已經喝完啤酒，並加點了燒酒。上菜的節奏恰到好處，不斷刺激著食欲和喝酒的欲望。

「太危險了，這家餐廳太危險了。」

「我停不下來。」

「妳們不是整天都在吃個不停、喝個不停嗎？」

三個人你一言、我一語，因透明如水晶般的鯛魚的美味而感動不已，一邊喝著芋燒酒的純酒。

將油花豐富的小山牛沾上柚子胡椒送進嘴裡時，幸代幾乎已經忘了他們為什麼要來「星花」。直到在晃子打開甜點菜單後叫了聲：「啊！幸代姊。」

「晃子，妳急什麼啊？我還在吃肉啊。」

矢田似乎不愛吃甜食，他皺起眉頭。

「唔哼啊，」晃子邊嚼著嘴裡的食物邊說道：「妳看這裡。」

晃子手指著甜點菜單的最後一頁。在印著咖啡、紅茶、花草茶、抹茶組（附和菓子）等飲品那一頁的角落，用藍色印著和薩里梅尼以前的國旗相同的圖案，可能藉此表示「到此結束」的意思。

月牙和四顆星。

「這裡也有薩里梅尼。」

幸代小聲地嘀咕著。

「薩里梅尼似乎是所有謎團的關鍵。」

雖然應該算是有所斬獲，但矢田不知道為什麼嘆著氣。

「要怎麼辦？」

晃子用悠哉的語氣問。

「怎麼辦……」幸代不由得心跳加速，「問店裡的人不就好了嗎？」

「我覺得啊……」矢田壓低了嗓門，「搞不好問課長比較快。」

「為什麼？」

「因為那個大叔絕對知道些什麼，我總覺得我們都被課長擺了一道。」

「嗯，我也有這種感覺。」

「但是我……」

幸代抱著雙臂。

「打擾一下。」服務生從隔板後方出現，收走原本裝著肉的空盤子。服務生離開後，幸代繼續說下去。

「很難斷言課長有什麼特別的意圖。矢田先生，你為什麼會有這種想法？」

「因為課長寫的小說啊。」

矢田和晃子都太善良了，竟然認為那算是小說。身為密探之一的小晃，為什麼會潛入吉原去當遊女？這點令人匪夷所思，她的熟客是將軍的設定也毫無邏輯可言。這部分可能必須要求課長再重新修改一下。不，自己沒必要多管閒事。

在幸代不慎對製作社編室的同人誌燃起熱情時，矢田和晃子繼續討論著。

「我也重新看過了，覺得小說的內容應該暗示了什麼重要的事。既然這樣，我想要回應課長的用心。」

「為什麼？」

「晃子，妳之前應該聽說過吧？我和專董的情婦有一腿的事。」

「……是啊。」

啊呀啊呀。幸代忍不住輪流觀察著晃子和矢田。現在假裝去廁所似乎太刻意了，而且幸代也很好奇矢田以前的戀愛經驗。服務生剛好把裝在玻璃碗中的芒果送上來，她吃著熟成的芒果，默默等待矢田繼續說下去。

「那個傳言呢……有一部分是不對的。」

矢田笑了笑，但卻露出像是芒果太澀了的表情。「她是我在祕書室的同事，我們之前就在交往，結果她在不知不覺中變成了專董的女人。我得知後，拚命想挽回。」

「就像夥計清助一樣？」

晃子問道，她的語氣好像在輕輕摘下容易碰傷的水果。

「對。我以為她也這麼希望，但沒想到並不是這麼一回事。」

嗯，專董是個很瀟灑的紳士。和那種男人交往還可以拿到零用錢的女人真幸運。幸代這麼想著。

「我相信你之前的女友一定有她的苦衷。」

晃子溫柔地說道。

「也許吧。」矢田露出微笑，似乎已經調整好心情，「當時我自暴自棄，想要辭職離開公司。本間課長來找我，問我：『你願不願意把這份悲傷投入在社編室的工作？』

太帥了吧？幸代投以懷疑的眼神。

「不過，他還說：『而且還有足夠的時間去聯誼，你一定會很開心。』」

矢田搔了搔鼻頭，「總之，我很感謝課長，所以希望按照課長的意思，協助他製作社史和同人誌。」

「打擾一下，」隔板後方傳來女人的聲音，「不知道敝店的菜色是否合幾位的胃口？」

身穿深藍色細條紋和服的老闆娘拿著放了茶杯的托盤站在那兒，本人比網站上的照片更看不出年齡。頭髮染得很自然，臉上雖然有些許皺紋，但白皙剔透，沒有化妝的雙眼露出溫和的笑容，只有聲音因為年紀的關係顯得比較低沉。

幸代在腦袋裡把老闆娘和有一段時間沒見的母親比較後，認為老闆娘比母親年長，只是看起來比較年輕，但也許將近七十歲了。這麼一想，就覺得她的皮膚實在好得不可思議。

「真的超好吃的。」

「非常感謝。」

晃子用開朗的語氣說道，幸代和矢田也跟著點頭。

老闆娘用和臉蛋一樣白皙的手把熱茶放在桌子上。看她的手就知道，她從來不洗碗。

「請慢用。」

老闆娘微微欠身後準備離去，幸代鼓起勇氣叫住了她。

「請問一下，菜單上的這個圖案，是薩里梅尼以前的國旗對吧？」

「啊喲，」老闆娘再度轉身對著餐桌，露出了笑容，「妳這麼年輕的小姐，竟然會知道。」

「這家餐廳和薩里梅尼有什麼關係嗎？」

「芒果是薩里梅尼產的嗎？」

矢田在一旁插嘴問道。

「芒果是沖繩產的喔。」老闆娘的臉上仍然堆滿笑容，「因為覺得圖案很可愛，所以就印在上面了。」

服務生送來紅豆湯圓，老闆娘便轉身走向櫃檯，談話也就到此中斷了。

「你覺得怎麼樣？」矢田問。「第一，就像老闆娘說的那樣。第二，老闆娘是國旗控。第三，老闆娘和薩里梅尼有某種關係。」

「當然是三啊。」

「對吧？」

「當然是啊。」

明天一早就要質問課長，同時趕快聯絡熊井，要求他說出所有知道的事。對了，當然也要問他到底有沒有寫恐嚇信。

幸代和晃子、矢田建立好作戰方針。

結帳時，服務生站在櫃檯內為他們結帳。老闆娘可能到後面去了，店內不見她的身影。服務生恭送他們離開餐廳。

矢田說接下來還要去夜店玩一會兒，便往表參道的方向離去。幸代和晃子走下地鐵車站的階梯。

「如果是我，」晃子說：「比起專董，我會選砲王學長。即使砲王學長到退休前都一直待在社史編纂室。」

恐怕等不到退休就會被裁員了吧。幸代雖然有點擔心這件事，但也發自內心地表示贊同。

「是啊。我也這麼覺得喔。」

翌日，幸代走進辦公室，沒想到課長竟然提前放暑假了。
白板上寫著「從今天開始休息一星期，如果遇到什麼問題，可以請示部長」。
「社編室的部長到底是誰啊，連名字都沒告訴我們。」
「一星期也太久了，他為什麼不早說？」
矢田和晃子生氣地嘆著氣，幸代早就不對本間課長抱任何期望了。即使課長休假，也不會對工作的進展有任何影響。隨便他要休幾天都沒關係，乾脆休個幾年算了。
幸代打電話給熊井。梅雨季節結束後，氣溫一天比一天升高，熊井的活力似乎也和氣溫成正比地成長了。
「啊呀呀！是川田小姐啊。聽說妳上次也有打電話給我。怎麼了？是不是想和我孫子見面？」
「不是。是關於我之前寫信拜託的那件事。不好意思，可不可以再度叨擾採訪？」
「喔，好啊，反正我閒得很。」
熊井輕鬆的態度讓幸代覺得「他看起來應該和恐嚇信無關」。幸代暗自嘆了口氣。不願意有人追查「高度經濟成長期的黑洞」的人到底是誰？為了查明這件事，也一定要熊井說出實話。
幸代握著話筒，用另一隻手迅速在紙上寫了「今晚有空嗎？」幾個字，然後舉在晃子和矢田面前。看到兩個人都做出OK的手勢，她立刻對著電話問：
「那今天晚上怎麼樣？我來安排酒席。」
晃子立刻用手機預約了「星花」。

「幸代姊，預約了七點，四位。」

「那七點在外苑前的『星花』恭候。熊井先生，您剛才不是說您閒得很嗎？請您務必要來，絕、對、要、來。」

不知道能不能報公帳？

連續兩天的豪華晚餐，幸代、晃子和矢田為此爭執不休。要用課長的名義申請經費，如果申請不下來，無論如何都要讓課長支付熊井的餐費。來到「星花」時，他們終於得出這個結論。

服務生把他們帶到後方的榻榻米包廂內，熊井和老闆娘已經在包廂裡等著。

「原來你們是星間的員工。昨天我完全沒發現呢。」

老闆娘露出爽朗的笑容。眼角擠出幾道笑紋。昨天的笑容顯然只是客套。

「阿熊。你看看，年輕人會自己循著蛛絲馬跡找上門來，對吧？」

熊井已經開始喝熱水兌燒酒，臉頰變得通紅。老闆娘叫他一聲「阿熊」，他頓時樂得眉開眼笑。

「上次看到她時，覺得她傻傻的，工作能力應該好不到哪裡去，還以為終究無望了啊。啊呀，真是看走眼囉。」

這話是什麼意思？幸代憤憤地入坐。矢田則一臉賊賊的笑著說：

「的確，川田在上班時也經常發呆，想一些亂七八糟的東西。」

晃子反駁道：

「才沒這回事。幸代姊是我們社編室裡最能幹的人。」
晃子，謝謝妳啊。但這句話對我來說根本不算是稱讚。
服務生送上料理。菜色和昨天不一樣，幾乎是燉煮蔬菜和烤魚這些家常菜。
「今天比較適合吃家常菜吧。」
老闆娘再度露出親切的笑容，然後對服務生說：「暫時不要來打擾。」
幸代、晃子和矢田在用一整塊木頭做的矮桌前，問對面的熊井和老闆娘：
「可不可以請教一下，高度經濟成長期到底發生了什麼事？薩里梅尼和星間商事之間到底有什麼關係？」
「要從何說起呢？」
老闆娘輕撫著自己的臉頰，陷入了沉思。
「那我來發問，由您來回答。」
幸代從包包裡拿出星間商事株式會社特製的稿紙，老闆娘並沒有特別的反應。
「喔，真讓人懷念啊！」先開口的是熊井，「之前收到妳用這個寫的信時，嚇了一大跳，竟然還留到現在。」
「聽說只有用這種稿紙，才能和薩里梅尼的女神接觸。薩里梅尼的女神是怎麼回事？或者說到底是誰？」
「是我啊。」
老闆娘說。矢田露出恍然大悟又難掩驚訝的表情，看著上了年紀之後仍風韻猶存的老闆娘。

「但是妳不知道稿紙的事嗎？」

幸代繼續追問。老闆娘輕輕吐出一口氣，說：

「阿熊，終於到了全部說出來的時候了。」

「是啊。」

不知道為什麼，熊井竟然開始脫襪子。可能有點喝醉了所以渾身發熱吧。

「正確地說，」老闆娘面對著幸代他們，「薩里梅尼的女神是指我和我妹妹，那是我們年輕時候的事。」

「呃……。但是，」晃子戰戰兢兢地開口，「老闆娘，您不是薩里梅尼人吧？」

「老闆娘是日本人。」熊井回答，「當年薩里梅尼的帕洛總統愛上她，她曾經在那裡的宮殿生活過。」

「呃？是總統夫人嗎？」

晃子天真地露出嚮往的眼神。老闆娘委婉地否認說：

「不是啊。說愛上了我比較好聽，但其實是星間商事把我送給總統。在薩里梅尼時，的確住在像城堡一樣的豪宅裡，但說穿了，其實就是情婦。」

「星間竟然做這種事。」

幸代嘀咕道。為什麼要把老闆娘送去薩里梅尼？不需要思考，答案顯而易見。

「公司可以從中得到某些好處吧？」

矢田語帶諷刺地說。

「這些事只能請你們自己去調查了。」老闆娘輕輕地搖搖頭，「我是在一九五八年前往薩里梅尼，當時還是個未滿二十歲的小女生，沒有人告訴我詳細的情況。」

「您的妹妹也和您一起去了薩里梅尼嗎？」

「不，我在那裡住了一年左右，但因為身體出了點問題就回國了。那裡的氣候和日本差異很大，語言也不通，所以後來由我妹妹代替我去陪伴總統。我妹妹和我是非常相像的雙胞胎。」

「啊!?」幸代忍不住出聲指責，「只要長得像就可以這樣嗎？」

「太過分了。」

「那個叫佩洛、還是波洛？不管啦，那傢伙太過分了。」

但是老闆娘卻毅然地說：

「請你們不要說總統的壞話。」

包廂內的空氣突然變得緊繃。老闆娘不愧曾經是人們口中的「女神」，渾身散發出一種不容侵犯的高貴氣質。

「我不知道別人對他在政治上、歷史上的評價，也不想知道。因為我認識的是私下的他。帕洛是個好人，他真的很愛我，應該也很愛我妹妹。更確定的是，我們姊妹都真心地愛著帕洛。」

幸代看著老闆娘充滿自豪光芒的雙眼，深受感動。

「您妹妹現在在哪裡呢？」

「不知道。」老闆娘無力地搖搖頭，「一九六六年，帕洛政權因為政變被推翻。妹妹和有病在身的帕洛一起逃往加拿大，聽說在那裡為他送了終。之後就完全沒有消息，至今已經過了四十年。」

是去世了嗎？還是在某個地方過著幸福的生活？幸代想像著在高度經濟成長的背後，有名女性用意想不到的方式度過人生。

「我猜想我妹妹應該不打算回日本了。」

老闆娘嘆了口氣，但又用充滿希望的聲音說：「但是，我會等她，我為這家餐廳取名為『星花』，是因為發音『seika』在薩里梅尼語中是『星星女神』的意思。」

幸代他們離開餐廳後，在夜晚的大馬路上，和熊井一起走往表參道的方向。這一餐最後是由熊井請客。

「我很瞭解薩里梅尼時代的老闆娘和她妹妹。」

熊井仰望夏夜的星空，天空因汽車排出的廢氣和霓虹燈而變得迷濛，但仍然有幾顆星星閃閃發亮。

「因為當時我在營業部，曾經在薩里梅尼做了不少大生意。」

「稿紙發揮了什麼作用嗎？」

「花世小姐——就是老闆娘的妹妹，稿紙是請花世小姐向帕洛總統牽線談生意時使用的。雖然少不了實彈……」

「實彈!?」晃子大驚失色。

「傻瓜！是指金錢、賄賂啦。」矢田壓低聲音向她解釋。熊井沒有理會他們的交談，有點不好意思地說：

「但是，她最喜歡『故事』。」

「故事？什麼意思？」

「就是童話故事和小說，就是這些故事。」

「喔？所以把日本的小說寄給她嗎？」

「不是不是。如果是這樣，何必需要稿紙呢？是我們營業部成員自己在稿紙上寫故事，然後交給花世小姐。」

「啊!?」

幸代他們感受到這一天中最驚愕也最大的震撼。

「熊井先生，您寫小說嗎？」

幸代很難克制自己不笑出來。熊井羞紅了臉說：

「不行嗎？當初會派我去負責薩里梅尼，就是因為在營業部裡我最有文采啊！」

「但是，花世小姐為什麼想看外行人寫的小說？」

「因為她與眾不同。」熊井深有感慨地說：「她說看一個人寫的小說，就可以知道他的為人。」

原來花世小姐年輕時是文學少女。幸代心想。聚集在薩里梅尼宮殿的商社業務員就是花世小姐主辦社團的成員。如果是現在，他們應該會製作同人誌，遠從薩里梅尼跑來參加同人展。

「但是，為什麼要在星間商事的歷史中抹除老闆娘和花世小姐的存在？」

「因為會影響名聲啊。」熊井無奈地搖了搖頭，「那對姊妹並不是星間的員工，她們是築地一家小餐館的店花。雖然這麼說很難聽，但她們因為大人的意圖而被賣給外國的總統。」

「老闆娘和總統的感情似乎很不錯。」

晃子說道。

「這是唯一的安慰。」熊井點點頭，「總之，應該是有人認為如今舊事重提會影響企業形象。」

「熊井先生，您不這麼認為嗎？」幸代問：「高度經濟成長期不是不顧一切向前衝嗎？是不是也做了不少見不得人的事？」

「妳就別為難我了。」

熊井露出苦笑，幸代從包包裡拿出恐嚇明信片。

「有人寄這個給我。」

「啊呀……」熊井皺起眉頭，「這真是非同小可。」

「您猜得到是誰幹的嗎？」

「也不是完全沒有頭緒，在薩里梅尼的商戰除了其他公司，日本政府也摻了一腳。」

「幸代姊，妳會不會被人幹掉啊？」

晃子擔心地問。

「怎麼可能？」

幸代一笑置之，但這件事的規模之大，的確令她感到不安。

「但我想應該是前專董那一派人幹的。」

原本以為熊井打算大爆料，沒想到卻收手了。搞什麼啊！原來只是公司內部的派系鬥爭嗎？幸代對事態的規模又縮小回原狀感到有點失望。

「我會再調查看看。」

熊井答應道，同時舉手攔下剛好經過的計程車。

七、

「月間企劃」的新作品在實咲缺席的情況下付梓印刷了。

夏季動漫市即將展開。本間課長興奮地說：「大家一起去參觀川田活躍的樣子吧！」課長提前去葉山過暑假，皮膚晒得很黑，精力充沛地回來上班，還帶了竹筴魚乾給社史編纂室的同事當伴手禮。

「我今天要去參加聯誼，帶魚乾也太腥了吧。」

矢田一臉為難，但還是乖乖帶了回去。

精力充沛的並非只有本間課長，幸代也一樣。因為對幸代來說，夏季動漫市是一年之中最大的盛事，她根本無暇理會社史的編輯作業進度、課長的自傳、恐嚇明信片和薩里梅尼這些事。只要下班時間一到，幸代就馬上離開公司，每天忙著為夏季動漫市做準備。

換零錢方便找零。催促心不在焉的洋平幫忙製作影印本。去美甲沙龍做指甲。當然還必須去美容院、還要買衣服。一大堆事情等著她去做。

晃子看到幸代塗成帶著珠光的藍色指甲時驚呼：

「哇！幸代姊，妳好漂亮。」

矢田一臉受不了地說：

「妳比去參加聯誼時更用心一百倍。」

「那是當然的！動漫市可是同人女的社交場所。」

幸代哼了一聲。自從製作同人誌的興趣曝光後，她在社史編纂室內已經毫無顧忌了。

「客人特地上門來買我們的書，怎麼可以用看起來很寒酸的手找錢給客人呢？」

「川田，妳很用心！」本間課長頻頻點頭，「我們也要去觀摩。」

「不必了。」

「呃……，我有一件事想確認。」晃子舉起手，「課長說的『我們』，該不會也包括我和砲王學長？」

「除了你們還有誰？」本間課長納悶地反問：「喔，部長嗎？部長不行，他工作太忙了。」

「我也很忙啊。」矢田不悅地說：「夏季動漫市不是這個週末嗎？我那天要去台場約會。」

「啊？」

晃子露出難過的表情。為了後輩，幸代只好拔刀相助。

「台場離動漫市的會場很近啊。」

「既然這樣，矢田，」本間課長用力拍著手，「你可以去動漫市，順便去台場約會。」

「我才不要！萬一被對方看到我從動漫市的會場走出來，根本無從解釋起啊。」

「那乾脆取消約會。」晃子語氣開朗地提議道，「如果砲王學長非去台場不可，那讓我陪你去吧。」

晃子，漂亮！雖然邏輯不通，但就是要死咬住不放。幸代用眼神聲援她。

夏季動漫市在國際展示場舉辦，場地非常大，參加的同人組織也不計其數。第一次參加的人不可能順利找到幸代的攤位，她可以想像課長一無所獲、垂頭喪氣離開的身影。

呵呵呵。幸代不安好心地笑了起來。

晃子，我會在夏季動漫市大賣同人誌。而妳，就在台場讓戀愛綻放出盛大的花朵吧！

預計來襲的強烈颱風大幅轉向，日本列島今天萬里晴空，從宇宙應該也可以看得一清二楚。

「各位同人女，請分一點活力給我們！」

「把颱風也彈出去！」

「哐噹！天空就一下子放晴了。」

「是啊！我偶爾會覺得真的有所謂的『同人力』存在，夏季和冬季的動漫市，好像從來沒有下過雨。」

幸代和英里子的雙簧告一段落，忍不住在「月間企劃」的攤位嘆著氣。

夏季動漫市在東京國際展示場的東、西兩館盛大舉行，每條通道上都擠滿人潮。令人高興的是，即使已經過了中午，仍然不時有人來買「月間企劃」的新書。雖然因為人潮擁擠，館內比戶外更加悶熱，但這次的攤位在通風良好的出入口附近，再加上做好了萬全的抗暑準備（帶了結冰茶、扇子、鹹仙貝。流汗時，補充鹽分比甜食更有效），應該可以撐過去。

但是，幸代和英里子卻提不起勁。因為實咲不在。

「這種失落感到底是怎麼回事？」

「攜手超過半個世紀的老婆離開人世時，老公應該就是這種心境吧。」

「我們三個人一起製作同人誌已經超過十年了。」

「總數將近五十本，每次都充分體現了各自的嗜好和哲學，恐怕沒有任何一對夫妻會以這樣的密度和速度生五十個小孩。從某種意義上來說，我們的關係比已經過了金婚的夫妻更加緊密……」

「正因為如此，才會產生這種失落感吧。」

幸代和英里子再度嘆了口氣。

每次有大規模的同人展和夏冬兩季的動漫市，「月間企劃」都會推出三個人合作的共同誌，但這次的新書沒有刊登實咲的作品。幸代在寫價格卡的時候也很難過。

☆　夏季動漫市新作！　《出差假期》　800圓　※有H　☆
一旦進入月間商事，出差地點也變成樂園……！
刊登堀英里佳的漫畫和河內幸的小說各一篇。很抱歉！因私人因素，新書內未收錄野原刻的作品。

幾名老主顧忍不住語帶遺憾地問：
「啊？野原小姐怎麼了？」
「她的稿子不見了嗎？」
幸代每次都鞠躬道歉說：「呃……，是的。真的很抱歉。」
幸代和英里子並排坐在鐵管椅上吃著鹹仙貝。
「我覺得實咲還是應該繼續寫下去，」幸代說，「因為有人期待我們的新書。即使工作再忙、即使熬夜會讓皮膚變差，不管是不是被男人甩了，都要堅持繼續寫！這是我們的使命！」
「嗯？是嗎？寫《出差假期》是使命？」

「這次的書名的確太普通了。」當初想出這個刊名的幸代坦承道，「取這種名字的我不要說度假，根本只剩賭氣。」

「我並沒有責怪妳的意思。」英里子露出微笑，「製作同人誌只是興趣愛好，所以要樂在其中，不要有壓力。實咲也一定會回來的。」

「真的嗎？妳有收到她婚禮的請帖嗎？」

「沒有呢。」

「她是不是想要把我們的友情，連同曾經是同人女的事實一起埋葬？」

「怎麼可能？」

有人站在攤位前，幸代露出營業必備的笑容抬起頭。

「請慢慢看……課長！」

「啊呀啊呀啊呀！川田，怎麼樣？今天賣得好嗎？」

本間課長笑著向幸代揮手。他把水藍色POLO衫紮進米色棉長褲，繫了一條茶褐色的皮帶。眼鏡的鏡片不知道是因為沾上熱氣還是油脂，看起來霧霧的。幸代第一次看到不穿西裝的課長，沒想到竟然很融入動漫市的會場。幸代驚訝地站了起來。

「你你你你怎麼知道我們社團的攤位？」

「這個嘛……，」

課長說話時，低頭看著長桌。幸代慌忙把排在桌子上的同人誌翻到背面。因為封面的圖畫（英里子畫的）超級裸露。

「怎麼了？川田，不必藏起來啊！沒關係啦。」哈哈哈！課長笑了起來，「妳好、妳好，妳是川田的朋友嗎？啊呀！妳好妳好。」他向英里子打招呼，英里子也彬彬有禮地打了招呼。

這時，晃子和矢田也撥開人群出現了。

「課長，你只顧著自己走，我們差一點迷路啦。」

「這麼擁擠的地方還可以走這麼快，課長太猛了。」

晃子遞給幸代三杯高級冰淇淋。

「幸代姊，給妳。我送吃的來了。」

冰淇淋裝在保冷盒裡，裡面還放了乾冰。有覆盆子、薄荷和檸檬三種口味。

「咦？社團不是三個人嗎？」

「今天因為有點狀況，所以只有我們兩個人。」

幸代悶悶不樂地回答，接過了冰淇淋。雖然盡可能避免攝取太多水分（因為廁所也大排長龍），但冰淇淋應該沒問題。她立刻挑選了覆盆子口味，英里子也向晃子道謝，拿了檸檬口味。

「那剩下一個，我可以吃嗎？」

晃子開心地站在通道上吃起薄荷口味的冰淇淋。幸代也默默地吃著酸酸甜甜的冰淇淋。

「所以呢，」吃完了之後，幸代重新回到原本的話題，「這麼多同人組織參加，你們怎麼找到『月間企劃』的攤位？」

「川田，我當然是有備而來的啊。」

課長炫耀著他藏在背後那一本厚厚的動漫市目錄。那本目錄足足有五公分厚，上面介紹了所有參加為期三天的夏季動漫市的同人組織，有按五十音順序排列的索引，還有可以剪下來參考的攤位圖。

因為動漫市的會場太大，參加的同人組織數量也很龐大，所以來動漫市的人都會事先買好這本冊子，確認自己喜愛的同人組織是否有參加，以及攤位在會場內的哪一個位置，然後再把自己蒐集的資訊寫在攤位圖上。展覽當天就帶著攤位圖，高效率地前往各個攤位掃貨。

「該學的不學，不該學的卻學得很快。」

幸代小聲罵道。

「幸代姊，是妳的男朋友先生告訴我們的。」晃子語氣開朗地說道，「我上午打妳的手機都打不通（動漫市會場因為人太多，訊號很不穩定）。我覺得很傷腦筋，只好打電話去妳家，結果妳的男朋友先生接了電話。」

今天早上，洋平躺在被子裡，睡眼惺忪地看著幸代意氣風發地出門參加動漫市。因為他昨天晚上幫忙製作影印本到天亮。

「他在電話中說，『幸代攤位的位置？我不清楚，但可以在會場入口買目錄，只要查「月間企劃」，應該就可以查到。』」

「該學的不學，不該學的卻學得很快。」

幸代再度咬牙切齒地咒罵。洋平因為持續幫忙，所以雖然從來沒有參加過動漫市，但很瞭解動漫市的狀況。

課長從棉質長褲口袋裡拿出皮夾。

「那這裡賣的同人誌，全都給我一本。」
「好的，謝謝惠顧。」
英里子滿面笑容地回答。
「不行！」幸代慌忙插嘴說：「你為什麼要買我們的同人誌？」
「因為想看啊，有什麼關係嘛，大家都是自己人。」
「誰跟你自己人。」
但英里子小聲責備幸代。
「妳為什麼要跟我唱反調啦？」
「當然不能賣給課長啊，妳也要考慮一下我在公司的立場。」
「立場？」英里子難得露出銳利的眼神，「妳為了這麼無足輕重的東西，拒絕販賣同人誌給想要購買的人嗎？那簡直就像是一腳踢開飢腸轆轆、上門買麵包的人。」
「呃，英里子……」
幸代被英里子的氣勢震懾住，這時英里子已經把七本同人誌交到課長手上。
「總共三千五百圓。」
「呃……，好貴啊。」
課長雖然嘴上這麼說，但還是掏出了錢。英里子臉上難掩業績增加的喜悅。我在公司的立場就這樣被朋友用三千五百圓賣掉了。幸代心想。
「聽我說，」始終沒有吭氣的矢田開了口，「我想找個地方坐一下。」

可能空氣太悶了，他看起來有點無精打采。吃完冰淇淋的晃子一臉擔心地看著矢田。

「會場內到處都擠滿人，要不要先去外面透透氣？」

幸代請英里子照顧攤位，走了出去，帶著課長一行人前往出入口。

會場內部靠牆的位置都是屬於「大型」熱門社團的攤位，沒有像「月間企劃」那麼小規模的同人組織。位在出入口附近的攤位更是熱門中的熱門社團專屬的空間。很多人在攤位前大排長龍，只為了購買這些社團推出的同人誌。為了緩和會場內的擁擠，隊伍會排到會場外，所以大型社團的攤位通常都會被安排在出入口附近。

從出入口走到會場外，本間課長、晃子和矢田看到沿著外牆排隊的長長人龍都滿臉訝異。

「哇！太猛了。」

「不光是裡面，外面也有這麼多人嗎？」

「大家排得好整齊。」

他們在樹叢旁坐了下來。雖然吹來的是夏天的風，但因為坐在樹蔭下，所以不至於無法忍受。矢田鬆開襯衫的領子。

「所以，等一下還要去哪裡？」

「去坐摩天輪！」

晃子提議道。

「我不是問這個，是問等一下還要去參觀這個同人祭典的哪裡。」

幸代向課長借了簡介。

「這取決於我們冬季動漫展要報哪一個類型，『評論』。」

幸代說出口之後，想起了本間課長奇妙的自傳。「不對，應該是『創作・文藝』類，反正都是在東館。」

「不是這一棟嗎？」

「這裡是西館，是不同棟，你們可以從那裡走過去。」

「還要再擠進人群裡啊。」矢田沮喪起來，晃子和本間課長也沒有吭聲。幸代納悶地轉頭一看，發現這兩個人正在看「月間企劃」的同人誌，而且偏偏是在看幸代新推出的影印本。

☆ ☆ ☆ ☆ ☆ ☆

「野宮先生，你是大傻瓜。」

野宮一走出月間商事的大門，就被追上來的松永抓住了。「你為什麼要孤軍奮戰，然後獨自離開呢？」

野宮轉過頭，看著松永露出微笑。

「我並不是一個人。我還有你，還有和我一起努力的下屬，所以我才有戰鬥的勇氣。」

「但最後卻只有你一人遭殃。」

「反正我也快退休了，多虧他們這次把我塞進關係企業，所以下一個工作也有著落，我已經很滿意了。」

「是因為我太不可靠了嗎？還是因為你無法相信我？所以才自己去內部檢舉？」

「不是。」野宮平靜地打斷了他。「希望你能夠瞭解，我自作主張決定去檢舉，只是因為我任性。」

「你任性嗎？」

松永帶著自嘲反問道，野宮有點害羞地低下了頭。

「對，因為只要你能夠繼續目前的工作，無論我和其他人怎麼樣都沒有關係。到了這個年紀，我才終於知道，愛很任性。」

「野宮先生，你真是……！」

松永感慨萬千，不顧旁人的眼光，緊緊抱住了野宮穿著鬆垮西裝的肩膀。

☆　☆　☆　☆　☆

「噗、噗嗚。」

晃子拚命忍著笑，喉嚨發出像小豬叫般的聲音。

「不要看啦！」

幸代從本間課長手上搶走影印本，把動漫市的目錄塞給他。「好了，快去東館，快去！」

在幸代的催促下，本間課長、晃子和矢田從樹蔭下站起身來。

「呃……，書可不可以還給我？」課長戰戰兢兢地指著幸代手上的影印本，「那是我花錢買的。」
幸代悵然地把影印本還給他，課長得意洋洋地邁開步伐。
「川田，這真是名言滿滿的傑作啊。『愛很任性』嗎？原來如此，呵呵呵。」
本間正，我要殺了你。幸代想道。
「噗、噗嗚。砲王學長，走了啦。」
「好唷。」
「幸代姊，請妳繼續加油喔。」

幸代的夏季動漫市結束了，只是覺得比往年疲累許多。她和英里子兩人在樂樂亭慶功。
「如果是連續劇，」幸代喝著裝在小杯子裡的紹興酒，「實咲就會在最後的最後出現，對我們說：『我還是無法捨棄同人誌。』『我知道，妳什麼都不用說。』『實咲，歡迎妳歸隊。』然後開始播主題曲，差不多就是這樣吧。」
「現實沒有這麼美好。」英里子喝著蛋花湯，「而且，我覺得實咲說要退出是有原因的。」
「不是因為結婚嗎？」
「這也是原因之一，但不光是這樣。『月間企劃』一直都由妳和實咲的小說、還有我的漫畫組成。以妳們兩個人來說，妳的作品比較多也比較受歡迎，實咲可能為此感到很不是滋味。」
因為從來沒有考慮過受讀者歡迎的程度這件事，所以聽到英里子這麼說，幸代不知道如何回答。不，這是騙人的。幸代知道，自己的影印本賣得比實咲的好。而且這次實咲沒有參加，但共同誌的銷量和平時並沒有太大的差別。

幸代知道，如果說她從不曾為此沾沾自喜，當然是騙人的。只是她並沒有想到實咲會在意自己作品的受歡迎度和銷量情況，因為實咲從來沒有表現出這一點。

幸代內心深處對自己的作品感到自豪，也為比實咲的作品更受歡迎感到得意，但覺得「這只是興趣，只是因為開心，所以才持續創作」。雖然白天時，在英里子面前說什麼「使命」，但最後還是用「興趣」作為逃避的藉口。

她不願面對實咲的自尊心，不願面對隱藏在創作樂趣背後，表現行為本身引起的某種複雜的情緒。

「那該怎麼辦？」

幸代問道。她發現自己聲音沙啞，立刻喝了一口紹興酒。

「沒怎麼辦，也沒必要做什麼。」

英里子喀哩喀哩咬著榨菜，輕輕地笑了笑：「我們只要等待。」

這時，幸代的手機發出收到訊息的聲響。

（幸代姊，妳在哪裡？）

幸代趕到時，晃子已經在新橋鐵軌橋下的串烤店喝醉了。

「幸代姊，我被砲王學長甩了！」

「啊？妳向他表白了嗎？」

「對啊！在台場的摩天輪上。」
「真是超沒創意的。」
「結果他對我說，『晃子，對不起。』」
幸代在晃子旁邊的椅子上坐了下來。因為剛才在樂樂亭吃得很飽，所以向吧檯內的老闆點了酒精濃度很低的發泡酒。
「為什麼呢？」晃子趴在吧檯上，「砲王學長還忘不了前女友嗎？」
「也許吧。」
「為什麼啊？」晃子把臉頰貼在吧檯上，自顧自地說著。「我永遠都不會背叛砲王學長的。」
「不，說永遠太那個了。」
幸代插嘴道，但她根本沒在聽。
「我一定要讓砲王學長回心轉意，不會輕言放棄！」
「但也不要太糾纏不清……」
「愛就是任性。」
把醉得不醒人事的晃子送回家是一項艱鉅的任務，她向計程車司機報了地址後，就鼾聲連連地睡著了。
接到幸代的電話後，先到一步的洋平在晃子的公寓前等著。幸代和洋平兩個人把晃子搬到三樓的房間。晃子住在五層樓的老公寓，沒有電梯。

打開門後，一股甜味撲鼻而來。晃子家裡似乎備有各種不同種類的零食，垃圾桶裡堆滿五彩繽紛的包裝紙。

她不怕家裡長蟲嗎？幸代膽顫心驚地移開擺在床上的熊玩偶，讓晃子躺在床上，然後在旁邊觀察了一會兒，確認她睡得很香甜後才和洋平一起離開。鎖上房門後，幸代把鑰匙放進信箱裡。

還趕得上末班車。

中元節假期間，東京的人口比平常少了許多。幸代和洋平並肩坐在空位上，感受著電車的節奏，連日的疲勞漸漸襲來。她快睡著了。洋平靜靜地說：

「我最近會去旅行。」

民宅的燈光從車窗外流逝。這是洋平第一次明確預告他要出門旅行，因為幸代之前就已經有了心理準備，所以並沒有特別驚訝，只是有點慌亂。

為什麼洋平這次要預告「出門旅行」？代表我可以要求他「我希望你不要去」嗎？還是希望我問「你要去哪裡」？

對面的座位沒有人，電車的車窗映照出幸代和洋平的臉。

「等你回來，我們談一談。」

幸代回過神時，發現自己脫口說了這句話。

「談什麼？」

洋平驚訝地問。車窗上的洋平看起來一臉天真。幸代覺得自己憤怒的導火線已經點著了。

「關於我們以後該怎麼辦。」

「怎麼辦？比方說？」

導火線越來越短，火星飛散。

「比方說，結婚之類的。」

幸代呻吟般地小聲說道。

「我從來沒想過結婚這件事。」

洋平語氣開朗地說完，可能察覺到幸代的動靜，慌忙補充說：「我不是說，沒有考慮過和妳結婚的意思，而是沒有考慮過結婚這件事。」

「你和年近三十的女人交往，一起生活，卻沒想過？」

「嗯。」

「從來沒有想過，『這個女人可能想要結婚』嗎？」

幸代從牙縫間擠出這句話。她覺得洋平的開朗和神經大條及遲鈍只有一線之隔，自由輕鬆的生活方式，是殘酷和缺乏想像力使然。

憤怒的炸彈即將引爆。

「幸代，妳想和我結婚嗎？」

「這就有點說不清楚了。」

「是喔。如果我不和妳結婚，繼續像現在一樣自由自在，妳會去找別人，然後和別人結婚嗎？」

幸代想了一下，很不甘願地承認：「應該不至於。如果我和其他人交往、結婚，並不是因為你不和我結婚，而是我不再愛你，喜歡上別人了。」

「嗯，妳的確是這種人。」

洋平的一個微笑踩熄了幸代即將引爆炸彈的憤怒導火線。幸代有點懊惱，沒有吭聲。洋平似乎在想什麼事，也沒有說話。

到了車站，洋平走下電車時說：

「我會在旅行期間思考我們今後該怎麼辦。」

幸代在天亮醒來時，洋平已經不見蹤影，抽屜內也不見洋平的護照。

幸代關上抽屜，獨自在房間內聽著蟬聲良久。

「對不起，給妳添了麻煩。」

晃子一進公司，立刻遞上一小盒巧克力：「請妳和男朋友先生一起吃。」

「謝謝，」幸代接過巧克力，「但可能要等到長黴了。」

「幸代姊，他該不會又去旅行了？」

雖然公司內播放著收音機體操的音樂，但晃子今天早上沒有蹦蹦跳跳，而是好奇地坐在有輪子的椅子上滑過來。幸代把事情的來龍去脈告訴她。

「是喔。所以等他回來之後，你們要談結婚的事嗎？」

「是啊。」

「但是，妳不知道他什麼時候回來嗎？」
「是啊。」
「感覺是前進三步退兩步。」
晃子焦急地扭動著身體。
幸代甚至不知道洋平是否真的會回來。也許他在旅行途中思考了這個問題，最後覺得「還是很麻煩」；也可能被捲入意想不到的事件或意外，陷入了即使想回家，也回不了家的狀況。
既然知道他要出門旅行，就應該笑著對他說：「路上小心。」幸代有點後悔沒有送洋平出門。
矢田睡眼惺忪地走進社史編纂室。
「早。」
「早安。」
晃子和矢田一如往常地打招呼。晃子，妳太堅強了。幸代假裝不知道這件事，但還是隔著資料堆偷偷窺探矢田的表情。矢田打開電腦，在電腦啟動完所有程式時，他已經打了三個大呵欠。
「嗨，各位早安！」門被用力地打開，本間課長出現了。「各位有沒有創造小麥色的回憶啊？」
他難得準時上班，情緒卻莫名高漲。
「看了川田的同人誌後，我也得到很大的啟發。」

課長邊大聲說著邊走向自己的座位。他走進辦公室後，門還半敞著。晃子機靈地起身關上門。這樣就不必擔心「同人誌」這麼聳動的字眼傳到走廊上了。幸代鬆了口氣，充滿警戒地觀察著課長的動靜。

「昨天回家之後，我又繼續寫下去，寫得很順利，帶回去的稿紙都不夠用了。」課長哼著歌，打開辦公桌最下方的抽屜。「咦？」

課長愣了好一會兒，馬上接連打開所有抽屜，然後又胡亂翻著堆在桌上的賽馬報和小鋼珠雜誌。

「咦咦咦？」

課長的行為實在太礙眼了，幸代終於忍不住問：

「怎麼了？」

「備用的稿紙不見了。太奇怪了。」

「你自己用完了吧？」

「不，還剩二十頁左右，我放在這裡。我不是也有給你們嗎？就是星間商事特製的稿紙。」

幸代和晃子、矢田交換了眼神，他們聚集在課長的辦公桌旁，幫忙一起找。

「你確定收進抽屜嗎？」

「真的還有剩嗎？」

「課長，泳裝美女的雜誌下面也找一下。」

四個人翻找了半天，但並沒有找到特製的稿紙。而且還發現幸代、晃子和矢田抽屜裡的稿紙（包括課長的「小說」影本在內）也都突然消失了。

「怎麼會這樣？」

本間課長悠然地偏著頭，感到納悶。

「什麼怎麼會……」矢田喃喃地說：「一定是有人溜進社史編纂室，把稿紙偷走了啊。」

「為什麼？」

本間課長繼續悠然地偏著頭。

「社編室的門向來不鎖。」

晃子嘆著氣。

「啊，慘了！」幸代咬牙切齒，「我不是為了拿給水間先生和星花的老闆娘看，所以在包包裡放了一張嗎？給他們看了之後，我裁成四小張，拿來當便條紙寫購物清單用掉了。」

「妳寫了蘿蔔和醃黃蘿蔔之後就丟掉了嗎？」

「對。」

幸代和矢田都沮喪地垂著肩，晃子用力拍著手說：

「我記得之前拍了社史用的照片嗎？」

「沒錯！」矢田抬起頭，「而且川田寫給那些老頭的信，他們可能也沒丟掉。所以說，證物並沒有完全被偷走。」

「課長小說的原稿在哪裡？」

晃子的發言，讓所有人的視線都集中在本間課長身上。

「在家裡啊。」

課長回答，他完全沒有搞清楚眼前的狀況。

「所以最大的物證還留著。」

「應該把課長的『小說』偷走才對啊。」

「別亂說，那怎麼行啊！」

幸代他們帶著不知道是安心還是失望的心情，小聲討論著。

「到底是誰偷偷溜進社史編纂室？」

敵人似乎只是偷走稿紙示威。可能藉此警告不要再追查了。但想到有人偷偷在辦公桌裡東翻西找，就覺得心裡發毛。

「中元節假期來上班的人都有嫌疑。」

「開發部的人即使在中元節假期也會來上班。如果包括只來公司一會兒的人，恐怕不止一百人。」矢田皺起眉頭，「只要有員工證，通常不會去警衛室登記，很難查到是誰。」

「喂、喂！你們幾個到底在說什麼？」

被晾在一旁的本間課長難掩興奮地說：「發生了阿幸、小晃和陳平要出動的事件了嗎？」

一旦被課長的好奇心攪局，事情就會變得複雜。幸代揮了揮手說：「沒事，課長你可以去買新的稿紙回來。」

社史編纂室的電話響了起來，所有人的肩膀都抖了一下，晃子調整好呼吸後接起電話。

「社史編纂室，你好。喔，早安，是，請稍候。」

晃子按了保留鍵，對幸代說：「熊井先生打來的。」幸代慌忙接過電話。

「您好，我是川田。」

「根本不用我調查，幕後黑手就有動靜了。」熊井用力咳嗽了幾下，「果然是前專董派系。昨天晚上，專董柳澤打電話給我，表面上是為了星間的退休員工也參加的高爾夫比賽的事，聊著聊著，他竟然問我：『社史編纂室是不是寄了信給你？你有什麼打算？』我回答說：『我沒理會。』但他好像也打電話給了其他人，巧妙地暗示其他人不要接受採訪。」

公司高層似乎判斷恐嚇信沒有奏效，察覺到幸代和其他人仍然積極調查祕密，所以才會進一步施壓。

幸代掛上電話後，向本間課長打聽了公司內的派系情況，因為她至今仍然不知道「前專董派系」是怎麼回事。

「我不屬於任何派系。」

課長挺起胸膛說。只是沒有任何派系邀他加入吧。

幸代和晃子、矢田商量後，決定當天就打響第一槍。

幸代來到本館十三樓的董事辦公室樓層，發現走廊就和其他樓層不一樣。鋪著厚實的地毯，地上沒有任何垃圾，到處擺放著觀葉植物的盆栽和鑲了金色畫框的畫作。

幸代在午休之前，站在可以看到董事專用廁所（這個樓層只有男廁）的走廊角落。等了一會兒，專董室的門打開了。柳澤走出來，沿著走廊走向廁所。

矢田的前女友就是被這個男人搶走了嗎？柳澤專董一頭白髮梳得很整齊，穿著做工講究的深藍色西裝，皮鞋擦得光可鑑人。如果這才叫鞋子，本間課長平時穿的只能稱為牛皮紙袋。

柳澤走到廁所門口的同時，幸代從背後叫住他。

「專董，有件事想要請教一下。」

柳澤緩緩轉過頭。

「有什麼事？」

「我是社史編纂室的川田，之前為社史編纂的事，曾經寫信給已經從星間商事退休的前輩。請問關於這件事，公司是否接到了投訴？」

「這種事我怎麼會知道呢？」

「所以，專董並沒有聽說過有類似的事。」

幸代假裝鬆了一口氣，「那就太好了。因為聽說專董親自打電話給這些退休的前輩，原來只是空穴來風。」

幸代和柳澤的銳利視線交錯，幸代站穩腳步，努力不被他的氣勢壓倒，笑著向柳澤鞠躬。

「社史編纂室全體成員將繼續努力，編纂出正確的社史。」

「社史完成之後，社史編纂室當然就會解散。」柳澤用平靜的語氣問道，「妳想去哪個部門？」

「只要公司命令，我可以去任何部門。」

「妳認為的『正確的社史』是怎樣的社史？」

幸代斂起笑容，看著柳澤的雙眼。

「不遺漏任何微小的聲音，如實記錄公司的發展。」

「很好。」

柳澤說完後走進了廁所。

恐怕要被降職了。幸代嘆了口氣，搭電梯回到樓下。還有哪個部門比社史編纂室更糟？開除嗎？幸代無聲地笑了起來。

她不後悔。

「我們來復習一下。」

矢田在社史編纂室的白板上畫了「公司內部關係圖」，幸代和晃子坐在椅子上，抬頭看著矢田。本間課長從午休離開後就一直沒回來。可能去哪裡買稿紙了吧。

矢田在說明的同時，用水性筆不斷畫著關係圖。

「前常董熊井先生都一直在營業部。在目前的董事中，常董小林和社長稻田都是營業部出身的，但這兩位在國內的營業經驗比較久，熊井先生可能無法發揮太大的影響力。」

他在離小林和稻田名字有點距離的地方，寫下小小的「熊井」兩個字。

「我們公司基本上是由營業部門和總務、人事部門的高層輪流當董事長。目前的副董事長磯村原本在企劃部，後來升上了董事，但能不能擔任下一任董事長是很大的問題。總務出身的柳澤專董緊追不放，柳澤就是熊井先生所說的前專董秋山的直屬下屬。」

「砲王學長，你為什麼對公司內部的情勢這麼瞭解？」

晃子雙眼發亮。

「別小看前祕書。」矢田故意撥了撥垂在額頭上的頭髮。「而且，這種程度的事所有員工都知道，只是妳們和派系太疏遠了。」

「我們會疏遠嗎？」

晃子小聲問道。

「也許吧。」幸代聳了聳肩，「我的確用了特製稿紙寫信給秋山先生，希望他提供協助。從柳澤專董的反應來看，應該就是前專董派系想要妨礙社史的編纂工作。」

「根據我的調查，」矢田繼續說道，「星花的老闆娘去薩里梅尼的時候，秋山是總務部的股長。順便提一下，當時的總務部長是秋山的岳父，秋山娶了部長的女兒，之後就平步青雲。」

「嗚哇！好噁喔。」

幸代和晃子異口同聲地說。

「這是常有的事，」矢田冷笑了一聲，「星間雖然不錄用親屬，但進公司後，靠裙帶關係結黨聚群的傾向很嚴重。柳澤專董的太太就是秋山的女兒。」

「兩代都和上司的女兒結婚，好噁心喔。」

晃子的身體顫抖了一下。幸代盯著白板。

「即使當初是公司整體決定和薩里梅尼政府勾結，至於要送誰去薩里梅尼，具體的人選應該由總務出面解決。」

「八成是這樣，難怪總務部門不希望現在有人再把星花老闆娘和她妹妹的事挖出來。」

「怎麼辦？」晃子不安地問，「在公司內部，好像沒有人會站在我們這一邊。星花的老闆娘應該也不會出面作證，花世小姐目前又下落不明。」

但是，現在不能退縮。即使只是為了避免再有人像晃子一樣，為了公司的利益而受到不當對待，也不能退縮。必須正視公司繁榮背後隱藏的東西，正視過去靠什麼才能走向繁榮，否則就不可能終結。

幸代毅然地說：

「既然錯綜複雜的利害關係試圖掩蓋真相，唯一的對抗手段，就是用故事呈現真相。」

一名年輕女子孤獨地被送往異國。政府和企業為了追求利益而陷入瘋狂，被投入這個漩渦中的年輕女子，內心到底隱藏了什麼故事？

我想看這個故事。幸代心想。

想要看宛如薩里梅尼夜空中的星星般，美麗而孤獨地閃爍著的故事。

八、

幸代首先打電話到熊井家，詢問他當時在薩梅里尼寫的文稿是否有留下來。

「沒有、沒有。」熊井說，「我當時寫的文稿都交給花世小姐了。」

「花世小姐也寫了小說吧？你有沒有看過她寫的小說，或是她有沒有送你？」

幸代追問道，熊井在電話中發出呻吟。

「當時的確在總統的宮殿舉辦了文學沙龍。」

「沙龍……就是年幼的莫札特去奧地利的宮殿，為還是少女的瑪麗皇后彈鋼琴的那種場合嗎？」

幸代動用了從《凡爾賽玫瑰》中所學到的知識，努力想要瞭解「沙龍」是怎麼回事。

「現場演奏的是特克名。喔！特克名是薩里梅尼特有的音樂，有點類似甘美朗，用像擀麵棍的東西在類似洗衣板的東西上搓來搓去，或是敲打對半剖開的椰子殼，也有用金屬細棒敲打像是銅鑼般的小鐘。雖然節奏很單調，但聽著聽著，會有種飄飄然的感覺。」

特克名是怎樣的音樂根本不重要。幸代輕咳了一聲，把話題拉回來。

「文學沙龍都舉辦什麼活動？」

「日本商社在當地的外派人員都聚集在一起，相互講評彼此寫的小說。花世小姐也會朗讀大家交給她的小說。」

「用這種方式，不是很耗費時間嗎？」

「從傍晚到黎明，吃吃喝喝持續一整晚，所以有足夠的時間。而且大家寫的作品，最多也不會超過十五張。」

被派駐南國的生活聽起來好像很愉快。幸代暗想道。熊井繼續說道：

「最後會朗讀花世小姐自己寫的小說。她會針對某一個外派人員寫的小說寫續篇，只要花世小姐寫了續篇，就會把那名外派人員的『請託』轉達給帕洛總統，生意就幾乎談成了。」

「好厲害。」

花世在自己主持的沙龍中堅持小說至上主義令幸代感到佩服。

「星間商事的特製稿紙，只有你和花世小姐使用嗎？」

「不。所有參加文學沙龍的人都用這種稿紙。」熊井說：「因為當初星間連續把老闆娘和花世小姐送給帕洛總統，所以在薩里梅尼的商戰中占據了優勢地位。當初根據花世小姐要求印製特製的稿紙，對星間來說是一種地位的象徵。花世小姐使用星間的稿紙，等於確認了『薩里梅尼的女神和星間商事關係密切』這件事。」

「可以感受到公司的占有欲和自我表現欲。」

「並不是只有公司好大喜功這麼簡單。雖然這麼說不太好聽，但花世小姐很懂得操控男人的心理和公司的心理。」

熊井笑了笑。「她在給星間面子的同時，也巧妙地向其他公司收取金錢。她把星間送給她的特製稿紙分給其他公司的外派人員，雖說是分給他們，但當然不是免費的。」

「多少錢？」

「一張一萬圓左右，當時的一萬圓是很大一筆數目。」

「為什麼大家要用貴得離譜的價格買稿紙？」

「因為如果沒有星間的特製稿紙，就無法參加沙龍。買稿紙等於是用金錢賄賂花世小姐，得以參加沙龍的活動。」
「沒有人對這種做法表示不滿嗎？」
「除了必須寫小說這件事以外，並沒有聽到有任何不滿。花世小姐喜歡朗讀有趣的、出色的作品，而且也會挑選這樣的作品寫續篇，她徹底貫徹了這一點。」
原來如此。如果從花世手上分到了一百張特製稿紙（其實是花一百萬購買），假設每次沙龍舉行活動，都寫十頁的作品，外派人員就有十次機會提出自己的「要求」。
換個角度思考，這樣反而比較划算。因為即使花一百萬「拜託」花世向總統轉達，一旦遭到拒絕，一百萬就化為泡影。但是用這種方法，一百萬可以買到十次機會，而且只要小說寫得好，就可以確實向總統疏通。
只有星間商事不需要購買稿紙，但因為當初是他們將花世送給總統，應該能夠因此得到不少有形或無形的方便。至於能不能向總統疏通，則取決於小說的成果，在競爭條件上並不算太不公平，所以其他競爭公司也沒有太大的意見。
「於是，各家公司都紛紛把擅長寫小說的人材送去薩里梅尼嗎？」
這簡直就像是平安時代的後宮。嬪妃們聚集在一起詠和歌、寫故事，慰藉女主人的無聊。看似光鮮亮麗卻又寂寞的宮廷充滿勾心鬥角的心計。
「像我這種有文采的人，」熊井有點得意地說。「當時寫的傑作都交給了花世小姐，不知道是在薩里梅尼革命時遺失了，還是花世小姐逃亡去加拿大時帶走了。總之，當初那些文稿下落不明。」

雖然不知道當初曾經舉辦過多少次沙龍，但應該累積了不少分量的文稿。幸代想像著花世在革命的混亂中，拖著裝滿小故事文稿的行李箱，和年邁的總統一起前往機場的身影，忍不住一陣鼻酸。當時聚集在她周圍的那些外派人員，在革命爆發同時便回到日本。似乎可以看到燃燒的宮殿、聽到民眾充滿怒意的咆哮。

年紀輕輕就代替姊姊遠渡重洋的花世，到底帶著怎麼樣的心情離開薩里梅尼？她沒有回到日本，而是選擇和總統一起逃亡，目前人在哪裡，又在做什麼呢？

「能不能請您回想一下，當時寫了什麼樣的小說。」

「呃……，這不可能。畢竟那已經是五十年前的事了。」

「請您盡可能趕快回想一下。如果有想起來的話，請傳真到社史編纂室的傳真機。」

幸代不等他回答就掛上電話。在一旁觀察的晃子皺著眉頭說：

「好像很難呢。公司高層不願意承認老闆娘和花世小姐的存在，不過如果在社史上刊登薩里梅尼時代的小說，就會變成大獨家。」

又不是周刊雜誌，不需要什麼獨家報導。但幸代還是點了點頭說：

「是啊。」

「喂、晃子，妳那裡調查的還順利嗎？」

被資料淹沒的矢田問道。晃子很不自在地挺直了身體。

「我去資料室之後，查到了星間商事為什麼去薩里梅尼的原因，請你們看一下這份資料。」

晃子把總結了要點的紙發給矢田和幸代。幸代看著摘要，覺得好像回到了學生時代。

「一九五五年左右，日本的商社主要在東南亞地區展開了激烈的商戰。至於箇中原因，是因為可以利用戰後賠償賺錢。」

「戰後賠償？」

「日本用金錢賠償曾經侵略的國家和被捲入戰爭的國家。像是韓國、印尼和薩里梅尼，都是當初日本支付賠償的國家。」

「但這不是日本政府支付賠償金給那些國家嗎？日本的商社哪裡有可趁之機呢？」

幸代提出了疑問，晃子搖著食指，嘴裡發出「嘖嘖嘖」的聲音。

「並不光是支付現金而已。比方說，以薩里梅尼為例，聽說他們靠日本的賠償金在首都梅尼塔建造了大型飯店、整備道路，還建造了電視塔。表面上是因為薩里梅尼方面的要求，但其實都是由日本的商社承包這些建設工程。」

「是喔。」矢田在資料堆後方發出感嘆的聲音。「薩里梅尼不花一毛錢就完成了基礎建設，日本的商社則靠日本政府支付的賠償金，也就是國民的納稅錢大發利市嗎？真是太會動腦筋了。」

「對。聽說有人覺得從東京奧運開始的高度經濟成長時期，是日本企業靠著與政府賠償相關的生意累積了資本。」

那是即使跌倒，站起來時一定要順便撈點什麼的生命力。如今的星間商事已經沒有這種頑強到幾乎有點厚顏的衝勁了。幸代抱著雙臂，發出了「嗯」的聲音。

「日本政府當然也知道其中的玄機吧？」

「那當然。」矢田說。

「我發現了這個。」晃子舉起裝在舊相框裡的黑白照片，兩個身穿西裝的壯年男人在像是豪華會客室內握著手，紅光滿面的臉上堆滿笑容。

「左邊那個就是星間商事的創辦人，第一任社長。」

「喔喔！就是位居最掃興禮物第一名的胸像老頭。」

「我好像在哪裡見過。」

「右邊那個人是當時的內閣總理大臣濱邊善一。他們的交情篤厚，資料室裡還有不少這類裝在相框裡的照片。」

「原來他們的交情這麼好。」

「感覺事有蹊蹺。」

矢田和幸代隔著資料堆小聲討論道。課長的「小說」中，收受賄賂的大官老中也姓濱邊，這應該不是巧合，而是課長在暗示線索，讓幸代他們繼續追查星間和薩里梅尼的祕密。

「由此可知，星間和日本政府的中樞勾結，在很多方面得到了方便。但星間在薩里梅尼具體是做什麼樣的工作呢？」

「主要負責首都梅尼塔的飯店建設。」

在晃子的要求下，幸代看了第二頁摘要。上面詳細記錄了交易的數字。可能是晃子根據過去的資料調查的結果，但上面的明細是怎麼回事？

「為什麼項目都是窗簾、家具和盤子？」

「星間並沒有機器和人才承包建造飯店這麼大的建案，所以在營建方面和其他大型商社合作。但星間向薩里梅尼方面推銷了企劃，並主導了計畫，也就是熊井先生領導的團隊發揮了作用。」

「沒想到那老頭曾經做過這麼了不起的生意。」

以熊井對公司的貢獻度，不要說是常董，甚至可以擔任社長。不過他雖然有優秀的小說創作能力，能寫出讓薩里梅尼女神滿意的作品，卻缺乏洞悉公司內部權力關係的能力。幸代微微地揚起笑意。

「飯店建造完成後，星間一手包辦了所有的備品和擺設。從菸灰缸到毛巾、床單等，以及大廳的巨大繪畫，全都是由星間包辦。這筆生意的金額大約是一億圓，飯店建設的總額是二十一億兩千萬圓。」

幸代看向摘要的角落，晃子記錄了從經濟白皮書上查到的數值。「大學畢業生起薪：約一萬圓。明信片：五圓。香菸：約四十圓」。

在那個年代就做了二十一億的生意。為了能夠承包這些生意，當然願意爭先恐後花一萬圓買一張稿紙。想像著曾經在薩里梅尼展開的激烈商戰，幸代有點頭昏腦脹。

「很顯然的，星間商事在薩里梅尼的商戰中獲得了勝利，所以才會有今天。」幸代說，「但是，即使蒐集了這些數字和資料，也沒有人願意出面證實。即使熊井先生靠記憶重寫文稿也有限度，這無法成為獨家吧？怎麼辦？」

「怎麼辦……」

晃子欲言又止地看著幸代。

「妳寫就好了啊。」

矢田從資料堆中探出頭，明確地說道。

「我寫？寫什麼？」

「薩里梅尼女神所寫的小說啊。」

晃子露出好像終於吐出卡在喉嚨的東西的表情，語氣開朗地說道。

「沒錯、沒錯。」矢田也跟著點頭，「現在正是妳發揮同人女能力的時候！就是現在！」

「那不是捏造嗎！」

幸代因為太過驚訝，所以講話時有點破音。「在社史上刊登捏造的獨家有什麼用！」

「我說川田啊，有些時候需要一些謊言。」

矢田模仿著本間課長的語氣說道。這時，社史編纂室的舊式傳真紙「嘎嘎嘎」地吐出了感熱紙。

「熊井先生傳來了重現當年的小說。」

晃子興奮地報告。幸代開始偏頭痛，她按著太陽穴。

☾ ☾ ☾ ☾ ☾ ☾

蠍子尾巴上的毒散發出紅色光芒。這種毒液一旦流到全身，就無可救藥了。獨眼龍海盜魯潘嘉（註1）這麼告訴我。

魯潘嘉結實的下巴上總是蓄著鬍渣，他剩下的另一隻眼有著和黑夜相同的顏色。從魯潘嘉嘴唇吐出的話語，就像吹動椰子樹葉的風那般寧靜。

魯潘嘉撫摸我的頭時，他的手總是那麼有力、那麼溫暖，讓我安心。

「烏娜（註2），妳看今晚的月亮，閃著金光的滿月就像妳的眼眸。」

「我不喜歡滿月，最討厭沒有雲的夜空和吹著東風的大海。」

我這麼說道，然後緊緊摟住了抱著我站在海邊的魯潘嘉的脖子。

「因為當大海平靜，吹起可以揚帆的風時，你就要離開了。掛上黑旗，去海平線的遠方，把我留在這裡。」

「因為我是海盜啊。」

魯潘嘉看著微波起伏的大海，幾乎已經把我拋在腦後。他的心已經完全被明天即將啟程的航海占據。

「海盜只要聽到風的呼喚，就要踏上旅程。但是，我還是會回來這裡。」

雖然魯潘嘉帶笑這麼說，但我卻感到極度寂寞。魯潘嘉帶回來的金幣、絲綢和桃色的貝殼，對我來說都沒有任何意義。

魯潘嘉。請你留在我身邊。

如果你喜歡黃金，就看著我。看著我如滿月般閃亮的雙眸。

魯潘嘉出海時，我會被送到辛歌（註3）嬸家。辛歌嬸善良親切，每天早上都會準備很多新鮮的椰子汁和史尼餅（註4），也會為我梳頭髮，在我鬢邊插上扶桑花。

「妳真可憐，竟然被海盜撿到。」

魯潘嘉並不是撿到我，而是救了我。那是天空中有一隻大蠍子發光的夜晚。魯潘嘉跳上了熊熊燃燒的商船，救了親眼目睹雙親罹難而哭泣不已的我。雖然他可以把我賣給奴隸商人，但他把我帶回了老巢的海邊，養育我長大至今。

「他一定打算把妳養成如花似玉的女孩，然後賣去給有錢人當小老婆。妳要小心提防。」

因為魯潘嘉是海盜，所以辛歌嬸很討厭他。雖然這個海邊的村莊因為魯潘嘉搶奪而來的財寶，一天比一天更富裕。

當魯潘嘉駛著塞•頓•恩謝克號（註5）出海後，就是一段漫長且無趣的日子。時間過得很緩慢，我幾乎可以把夜空中的星星全部數完。

今天晚上，蠍子的尾巴也發出紅光。

趕快回來吧。讓我看到你的耳朵、鼻子和手腳，還有僅剩的漆黑眼眸都完好如初。

魯潘嘉總是提醒我重要的事。

我已經知道蠍子尾巴的毒到底是什麼了。已經知道會流遍全身，讓人麻痺、無法動彈的毒到底是什麼了。

在天空、陸地和海洋中，這種血色的毒是最危險的毒。

蠍子尾巴中隱藏著名為愛戀的毒。一旦碰觸，就絕對逃不掉。

註1　魯潘嘉：在薩里梅尼語中，代表「豹」的意思。
註2　烏娜：意指「明星」。
註3　辛歌：意指「平靜的河流」。
註4　史尼餅：類似饢餅的食物。用木薯粉揉成麵糰，擀成薄片後放在爐中烤。是薩里梅尼人喜愛的主食。
註5　塞・頓・恩謝克：「黑色彩虹」的意思。

☾　☾　☾　☾　☾　☾

「噗哧。」

矢田笑了起來。

「為什麼每個人寫小說時都會變成浪漫主義者。」

晃子笑得花枝亂顫。

「每個人」中也包括我嗎？幸代的心情有點複雜。但對熊井傳真來的「小說」，感想其實和晃子差不多。

蠍子的尾巴藏著名為愛戀的毒。想到已過杖朝之年的熊井在五十年前曾經認真地寫這種故事，就覺得橫隔膜快皺成一團了。

「花世小姐看了之後，不知道寫了怎樣的續篇。」

晃子一遍又一遍地看著熊井的作品，幾乎要把感熱紙摸黑了。

「川田，輪到妳了，充分發揮同人女的能力向前衝吧！」

矢田激勵地說道。

我才不要。幸代心想。

幸代在一遍又一遍地閱讀後，終於發現這是熊井經過深思後寫下的作品。

故事發生在疑似是薩里梅尼南方的島嶼，海盜和少女應該年齡懸殊。少女收到寶藏也無法滿足寂寞的心。是海盜和少女在大海上馳騁的純愛。

這不正是獨自前往異國宮殿的花世的境遇嗎？雖然和帕洛總統之間有愛，但總統的世界並不是只有花世而已。

花世想到用特製稿紙得到穩定收入的方法，把那些老奸巨猾的商社外派人員玩弄於股掌之間，代表她是一個很有生意頭腦和政治手腕的女人。但花世的立場只是建立在「總統的愛」這個脆弱、易變的基礎上，她必定感到焦慮和不安。

熊井的小說用巧妙的方式象徵了花世的心情。熊井也很擅長操控女人的心嘛。

如果是我，會怎麼寫熊井小說的續篇？幸代那天在上班時，全都在思考這件事。撰稿人已經陸續交稿，每一篇都抓住了採訪對象的特徵，充分表達出被採訪者的心聲。因為沒有餘力請人校稿，幸代只能親自根據資料核對數字和年代是否正確，同時也要檢查錯字和漏字。

和撰稿人討論了幾篇稿子，已經進入請受訪者進行最後確認的階段。因為撰稿人想要再度採訪其中幾位，幸代和星間的退休員工取得聯繫並安排好日期。

這些工作大致完成時也剛好五點半。好，下班了。在旁邊不停地看著手錶的晃子也關了電腦。

但是聽到矢田說：「要走了嗎？那我也一起走。」然後拿起公事包時，晃子突然說：「啊！那我等一下再走。」

即使留在辦公室也無事可做啊。幸代雖然這麼想，但覺得低頭坐在座位上的晃子很可憐，所以就沒有勉強她一起下班。

「是嗎？那我先走了。」

幸代假裝沒有察覺，盡可能輕鬆地離開社史編纂室。矢田像往常一樣，邊玩著手機邊跟在她身後走出來。

走出公司大門時，幸代下定決心問道：

「矢田先生，雖然這是我多管閒事，但你完全沒有和晃子交往的可能性嗎？」

「嗯？」

「社編室的氣氛超尷尬啊！因為你們兩個人都想避開對方的視線，氧氣都固化了，簡直比鯡魚卵還硬，根本吞不下去。我甚至忍不住想，如果課長在就好了，至少可以稍微化解一下尷尬的氣氛。」

「看來情況有點嚴重啊。」

「晃子很不錯啊。」

「我知道。」

「還是你有喜歡的人了？該不會是我吧!?」

矢田投來極度冷漠的眼神。

「怎麼可能！」

「我當然知道。」幸代嘆著氣說，「你至今還無法忘記被專董搶走的那個人。」

「我沒那麼不乾不脆。」矢田仰望著整排建築物的窗戶，「如果有人說喜歡妳，即使妳沒有感覺，也會交往看看嗎？」

幸代猶豫了一下說：

「很多人應該都是這樣。」

幸代對好惡的感情很誠實，所以從來沒有先交往看看的經驗。沒有理想對象時，反而是可以專心在家製作同人誌的好機會，所以也從來沒有為身邊缺個人陪伴而感到著急。

也許著急一點比較好。幸代在內心嘀咕道。況且自己喜歡後交往的竟然是洋平這種飄忽不定的男人，似乎也沒好到哪裡去。

「正因為我知道晃子是認真的，」矢田說：「所以無法和她交往看看，如果最後還是無法對她產生戀愛的感情怎麼辦？如果沒有戀愛的感情，假日卻一起出遊、聖誕節送禮物、不得不定期上床，這樣對彼此都很不幸、也很麻煩。」

啊！完蛋了。幸代心想。「覺得麻煩」是一把充滿魔力的劍，會把戀愛這件盛事破壞得蕩然無存。幸代很瞭解矢田的想法，但「一旦這麼說就完蛋了」。

「川田，妳別管別人的閒事了，先為自己的事操心吧。妳男朋友不是去旅行了嗎？明天見。」

矢田沒有走下地鐵站的階梯，而是走向充滿辦公大樓的商業街區。

矢田結婚之後，也許會有不錯的婚姻生活。幸代搭電車時這麼想。因為結婚之後，兩個人的關係不再是一件盛事，而是日常生活。

但不知道充滿戀愛熱情的晃子是否希望馬上走進生活。

即使回到家，洋平也不在。她打開玄關，開了燈，室內仍然維持她早上出門時的樣子。她覺得白天熱氣的餘韻還未完全散去的房間很陌生。洋平留下的氣味也越來越稀薄。

雖然之前已經經歷過很多次分離，但仍對洋平這次的旅行感到極度寂寞。

可能是因為洋平這個人的存在、和洋平之間的相處已經變成了生活。

早知道就不應該逼洋平思考結婚的事。自己太後知後覺，當洋平離開後，才發現其實他們早就已經開始生活。

她從冰箱裡翻找出有點萎縮的蔬菜，炒了一盤青菜，搭配加熱後的海帶芽味噌湯當作晚餐。幸代覺得這有點像妻兒離家的中年男子吃的晚餐。

一個人的晚餐很快就吃完了。她洗好碗，走到房間打開電腦。實咲傳來了電子郵件。

「最近好嗎？我打算在十二月的第一個星期六舉行婚禮和婚宴，我會再寄喜帖給妳，記得把日子空下來。先這樣囉。」

幸代揉了揉兩側眼角，伸手拿起手機。什麼「先這樣囉」！她按耐著心中的煩躁，計算著電話鈴聲。響到第五聲時，電話另一端傳來英里子的聲音：「喂？」

「妳現在方便嗎？」

「嗯，我也剛好想打電話給妳。」

英里子的電話中傳來小孩子說話的聲音，英里子對他們說：「好、好。去看電視。」

「喂？」英里子再度對著電話說道，「妳是因為實咲寄的電子郵件打來嗎？」

「對！那是什麼意思啊？完全不問『夏季動漫市的情況怎麼樣？』就直接通知婚禮的事，而且在十二月初。那時候正是決定稿子能不能趕上冬季動漫市的關鍵時期！」

「夏季動漫市和冬季動漫市之間的時間本來就很短。」英里子嘆了一口氣，「但還是會去吧？」

「是啊。因為是實咲的婚禮，所以當然會去。」

我為什麼會打電話給英里子？幸代開始在內心反省。自己當然會去參加婚禮，為朋友的幸福獻上祝福，也早就習慣在公開場合假裝不是同人女。即使在婚宴上遇到新郎的朋友，也能夠不動聲色地微笑面對。

既然這樣，為什麼看到實咲的電子郵件會心浮氣躁？

英里子似乎看透了她的心思。

「幸代，妳是不是因為實咲完全沒有提到夏季和冬季動漫市的事，所以覺得有點擔心？也擔心實咲向添田先生隱瞞同人活動的事真的能夠得到幸福嗎？對不對？」

「我才沒有擔心，而是在生氣。」

「一樣啦。擔心才會生氣。」

也許吧。幸代不由得佩服英里子的敏銳。

「只能提早寫冬季動漫市的稿子了。」

幸代提議說，英里子「嗯」了一聲。

「幸代，我覺得實咲應該沒問題，即使在婚前沒有一五一十說清楚，在共同生活後，對方也會察覺到她是同人女。不妨認為她採取了循序漸進的方式，讓她老公逐漸適應。」

「會不會循序漸進的方式造成反效果，最後導致離婚？」

「如果夫妻因為這種程度的事就離婚，代表原本就合不來。」

英里子好像在宣布百發百中的神旨般斷言道。

掛上電話後，幸代在房間內呈大字形躺下。戶外有蟲鳴，但沒有一點風絲從敞開的紗窗吹進來，殘暑的熱氣揮之不去。

幸代在內心對南極的企鵝道歉，用遙控器打開冷氣，然後爬到窗邊關上窗戶。

狹小的房間立刻變得涼快。她猛然坐起身，回信給實咲。

「恭喜！我很期待。」

然後，她開始思考冬季動漫市新書的內容，坐在電腦前打了幾行字。

她很慶幸自己能夠寫作。寫作可以讓她立刻忘記空虛和鬱悶。

花世必定也有同樣的心情。

九、

翌日，幸代到了公司，卻看到晃子手足無措地站在社史編纂室前的走廊上。

「早安！怎麼了？為什麼不進去？」

「啊！幸代姊、幸代姊，妳快來看。」

晃子向幸代招手，壓低聲音說道。怎麼了？怎麼了？晃子打開社編室的門，她悄悄從門縫向裡頭窺探。

本間課長已經來了。他正在自己的辦公桌前一邊看著體育報一邊說話。

「部長，你突然這麼說，我也很傷腦筋啊。……嗯，我知道，但這真的很傷腦筋啊。」

課長看起來似乎正在跟誰講電話，每句話之間有微妙的幾秒停頓。但他手上沒有拿著話筒啊？辦公室內沒有看到任何跟課長溝通的對象，也沒有聽到任何其他聲響。

「這是怎麼回事？」

幸代看著緊貼著她後背的晃子問道，晃子看起來有點畏怯。

「他好像在跟部長說話，但根本沒看到部長的影子啊？幽靈部長該不會真的只有本間課長才能看到吧？」

「怎麼可能？」幸代用力推開社編室的門，打了聲招呼：「早安。」

「喔！川田，妳來得正好。」課長把報紙折好，從椅子上站起身來，「我來介紹。這位是我們社史編纂室的平山部長。」

在哪裡？課長用手掌指向自己身旁，但他旁邊根本沒人。晃子小聲地倒吸了一口氣。幸代也不由得擔心起課長「腦筋是不是出了問題」？毫無意義地將左手的包包換到右手上。

「呃……，我是川田幸代。」

幸代對著課長旁邊的空氣說道。這時，桌子下傳來沙沙的聲響，一個晒得很黑的禿頭探了出來。幽靈部長，也就是平山部長剛才似乎蹲在地上。

幽靈部長即使站直了身體，也比本間課長更矮。他大概六十歲，笑得眼尾擠出幾道笑紋，嘴巴動了起來。他似乎說了些什麼，但幸代聽不到。

「啊？」

幸代向幽靈部長靠近一步。晃子仍然沒有放鬆警戒，小聲地對幸代說：「啊！幸代姊，妳不要靠近。」

「部長為足球比賽加油太賣力，所以聲音啞掉了。」本間課長說，「部長今天早上才從外派的聖保羅回來。」

「喔。」

「部長，」課長轉頭看著幽靈部長說，「川田身後的是晃子，還有一個陳平，他今天又遲到了。」

可以用這種方式介紹下屬嗎？而且，平時每天都遲到的人是你自己吧？幸代很想反駁課長，但還是忍住了，因為她更在意剛才課長連聲說「傷腦筋」是怎麼回事。

「請問部長突然回國，來社編室是有什麼原因嗎？」

「對、對！川田，是重要的事！」

矢田剛好來上班，社史編纂室全體成員都圍在幽靈部長身旁，好像圍成一圈要猜拳（否則就聽不到幽靈部長說話的聲音）。

「不瞞各位，」部長小聲地說：「我接到柳澤專董的電話，說以目前的情況，無法支出社史的製作費。」

「什麼！」

「為什麼現在突然變卦？」

「太過分了。」

圈子縮得更小了，幾個人的肩膀都擠在一起。

「你們在調查薩里梅尼的事嗎？」部長心平氣和地說：「專董應該對這件事有意見。」

「部長，你為什麼會知道薩里梅尼的事？」

幸代他們一片譁然，幽靈部長和本間課長都老神在在。

「本間和我當初成立社史編纂室時，調查星間在薩里梅尼時代的事就是目的之一。本間，對不對？」

「沒錯，但星間商事的氣氛讓人很難觸碰薩里梅尼的話題。」

本間課長拿下眼鏡，拭著眼角。「社史編纂作業遲遲沒有進展，無法趕上公司創立六十周年。所以我用出色的自傳小說，巧妙地把你們引導向薩里梅尼的祕密。這段時間，平山部長都在聖保羅養精蓄銳。」

其實就是為這件事負起責任而被降職了。幸代想到之前被課長擺了一道就覺得很生氣，但還是調整了心情說：

「薩里梅尼所發生的事是星間商事歷史的一部分，而且是相當重要的一部分。」

「對，」幽靈部長點了點頭，「我也這麼認為，但高層的態度很強硬。已經向我下達最後通牒，如果社史無法避開與薩里梅尼相關的過去，就要立刻解散社史編纂室。」

幸代和晃子、矢田互相看著對方，怒不可遏。任何一家公司都不可能只靠光明正大的手段擴大規模，但正因為如此，更不應該隱瞞，也不能將錯就錯，而是要用社史的形式把事實正確記錄下來。

「我知道了，」幸代燃起了鬥志。「請轉達專董，我們『不會碰觸薩里梅尼的事，一定會製作一部很光鮮亮麗的社史』。」

「喂！」矢田大叫起來。

「怎麼可以？」

晃子快哭出來了。

「別擔心，我並沒有放棄，」幸代毅然地說：「我們還有同人誌！只要印成書就可以傳閱，也許會有其中一本能流傳到後世。幸好已經申請了冬季動漫市的攤位，有關薩里梅尼的一切就在同人誌上發表！如果在冬季動漫市沒有賣完，就在社史完成後作為附錄，發送給員工和客戶。」

「喔喔！」

晃子和矢田拍手叫好。本間課長點著頭問：

「有頁面可以刊登我的自傳嗎？如果有的話，這個方案很好。」

「我什麼都沒聽到。什麼都不知道。」

幽靈部長笑著小聲唱道，踏著輕盈的步伐走出社史編纂室，準備去向專董報告。

「對了，剛才那個老頭是誰啊？」

矢田訝異地問。

整個上午，幸代坐在電腦前，化身為薩里梅尼的女神。

即使躲在地球的影子中，月亮終究會現身。夜幕降臨後，星星就會在天空閃爍，告訴所有人「我在這裡」。

專董派系的人想要埋葬過去，當然不可能讓他們得逞。不要小看曾經出版過好幾本同人誌的同人女。

☾ ☾ ☾ ☾ ☾ ☾

幸代此刻的心情，就像戰爭期間製作油印傳單的地下革命家。

烏娜從塞・頓・恩謝克號上的紅酒桶裡跳了出來。

「魯潘嘉，你還要我繼續和辛歌嬸一起等待嗎？」

「烏娜，妳怎麼會在這裡？」

魯潘嘉手上的蘭姆酒瓶掉落，船員都笑了起來。放眼望去，四處都是一片茫茫的大海。只有雲朵出現在這片大海上。

「因為我中了蠍子的毒，只有你才能幫我把這種毒吸出來。」

烏娜說完，立刻用雙手摟住魯潘嘉的脖子用力親吻著。水手長吹著口哨，航海士慌忙遮住猴子的眼睛。

「即使你好不容易吸出來，我很快就會被注入新的毒液。」

「太驚訝了，」魯潘嘉喃喃地說：「烏娜，我真的太驚訝了。」

「所以你會帶我上路，對嗎？」

「大海很危險。會遭遇暴風雨，也會被敵船攻擊。」

「但是，有你在，這樣就夠了。帶我走，如果你要留下我，我只有一死……！」

海盜旗在桅桿上飄揚，烏娜被魯潘嘉抱在懷裡，小聲地說：

「魯潘嘉，我愛你。從我第一次見到你的時候就愛上你了。」

今天的風也溫柔地吹拂著船帆。船隻在白天靠著影子，夜晚在星星的引導下，把海浪化為歌聲前進。

沒有人等待，也不必回任何地方。因為他們將永遠一起航行，一起去天涯海角。

只要有大海，黑色的彩虹將勇往直前。

☾　☾　☾　☾　☾　☾

幽靈部長居中協調後，社史編纂室總算免於被解散的命運。表面上每天都乖乖按照公司的想法製作社史。

但是，其實社編室內部每天都在討論「地下版社史」的編纂工作。

「我考慮了一下頁數的問題。」

幸代站在白板前，向幽靈部長、本間課長和晃子說明。矢田今天缺席地下版社史的編輯會議，不知道又溜去哪個部門摸魚了。

「一、星間商事在薩里梅尼的活動。

二、薩里梅尼的女神和特製稿紙。

三、在薩里梅尼的沙龍創作的小說作品。但實際上是熊井先生和我偽造的。

四、總結。

要刊登以上的內容，至少需要五十二頁。」

「我、我、我！」本間課長舉起手，「我的自傳也包含在內嗎？」

「如果你不介意是簡約版的話，可以包含在內。」

「啊？我不希望自己的人生被簡約。」

課長似乎很不滿意。幸代忍著頭痛說：

「課長，你聽我說。地下版社史的印刷費用無法使用公司的預算，不能把頁面浪費在沒用的內容上。」

「說沒用也太直接了吧。」

「是啊。」

晃子和幽靈部長小聲討論著。晃子終於知道幽靈部長不是幽靈，而是有血有肉的人，最近他們經常一起吃零食。

「課長，順便請教一下，」幸代用嚴厲的聲音問道，「你打算印多少本地下版社史？」

「我算一下。要在冬季動漫市販賣，還要送給星間的子公司、客戶，如果總公司的員工想要，也會發給每個人，所以差不多兩千本吧。」

「如果是這樣，」幸代迅速比較各家同人誌印刷廠的價格表，很快便計算出結果。「即使用最便宜的封面，也要大約三十萬左右。」

「三十萬！」

晃子、本間課長和幽靈部長尖叫起來。

「太貴了！那要不要一本賣五百圓？這樣就會有七十萬的收入。」

「晃子，妳別說傻話了。誰會付五百圓買地下版社史這種不起眼的內容？如果是我，情願把五百圓拿去買馬票。」

「那印刷費要從哪裡來？」

「當然要由社史編纂室的負責人平山部長自掏腰包。」

「真傷腦筋。」幽靈部長用手帕擦拭著太陽穴冒出的冷汗，「我兒子還在讀大學。因為我很晚才生小孩，要繳學費、還要繳房貸、還要買足球彩券……」

「足球彩券的錢可以省下來啊。」

晃子抗議道。

話題越來越偏離主題，幸代輕咳一聲說：

「大家到底想不想發行地下版社史？要還是不要？」

「要啊。」

在場的人都無力地回答。

「好，那每個人從年終獎金裡拿三萬圓出來。」

「怎麼這樣？」晃子可憐兮兮地扭著身體，「這樣我就不能買Rebecca Taylor的大衣了。」

「我要怎麼向老婆解釋？」部長的汗水終於滴了下來。「而且，即使社編室成員每人出三萬，也只有十五萬而已，剩下的錢從哪裡來？」

「很簡單。募款就好了。」

「要向誰募款？」

課長滿臉不安。

「當然是向薩里梅尼的女神啊。」

幸代露出奸詐的笑容，覺得自己好像變成了貪官。

社史編纂室的門打開了，矢田衝了進來。

「喂！大新聞、大新聞，我剛才在祕書室打聽到，發行社史的日子已經決定了。」

「什麼時候？」

「明年一月十一日，星間商事的創立紀念日。」

「所剩的時間不多了。」

幸代在白板上大大地寫上：「社編加油！十二月三十日（週日）出席冬季動漫市！決戰一月十一日（週五）！」

「正規社史和地下版社史都要快馬加鞭，把稿子送進印刷廠！」

正規社史畢竟是記錄公司正式歷史的書籍，所以數量也比較多。

幸代和其他人多次確認文稿內容，和設計師討論版面，選好要使用的照片。最麻煩的是，從文稿的內容到封面用紙，任何大小事都要由總務和人事派系的老大柳澤專董裁示。

社史編纂室向柳澤專董交出了主導權，因此獲得了發行社史的預算。

「簡直是恥辱。」

幸代把所有精力都投入了耗費精神的作業，忍不住咬牙切齒。這一年來，她詳細調查了星間商事的歷史，沒想到在最後關頭竟然要聽從柳澤專董的指揮。而且，完成社史的功勞還會被專董搶走。

「那就用地下版社史給他好看！」

「好了、好了！功不功勞的根本無所謂啊。」晃子輕鬆化解了幸代的詛咒，「我發現一件令人納悶的事。」

「對！我也很納悶。是不是為什麼柳澤專董千方百計想要封印薩里梅尼時代的事？」

「不，不是這件事。」

晃子甩著手上那疊星間商事特製稿紙。幸代滑動椅子，看著晃子手上拿的東西，發現晃子正在為課長的手寫稿打字。

「課長為什麼會知道薩里梅尼和星間之間的關係？而且他似乎很在意這件事，他到底是何方神聖？」

「課長，到底是怎麼回事？」

幸代起身看向課長的辦公桌，發現幽靈部長坐在那裡。

「本間剛才出去散步還沒回來，怎麼了嗎？」

剛才太認真工作，竟然沒發現課長溜出去了。目前是上班時間，部長為什麼允許課長出去散步？而且，部長和課長兩個人共用一張辦公桌也太奇怪了。不是應該把已經淪為資料堆放處的第五張辦公桌整理乾淨，讓本間課長搬去那裡工作嗎？

幸代有很多話想說，但在社史編纂室說了也是白費口舌。她嘆了口氣說：「沒事。」然後重新坐回位子。

在沙發上睡午覺的矢田坐起身來。

「部長，那個傳聞該不會是真的？」

幽靈部長不發一語，臉上堆滿笑容。反而是幸代和晃子納悶地問：

「什麼傳聞？」

「本間課長是靠人脈關係進公司的，所以很無能。」矢田說到這裡，故意咳了幾下。「只不過沒有人知道，他到底是靠什麼關係進來的。」

星間商事很少錄用員工的親屬，因為白手起家的第一任董事長留下遺訓：「人脈要在進公司後，靠自己的雙手建立。」幸代認為商場上，有時候的確需要人脈關係和血緣關係，所以這種方針對商社來說，有那麼一點不利。而且就如總務部的情況那樣，這樣反而容易造成進公司之後，過度建立裙帶關係。但正因為星間商事積極延攬人才，重視實力，才能夠發展到今天。

「這個嘛……。」幽靈部長開口，臉上仍然堆滿笑容。「本間是薩里梅尼女神的侄子。」

「啊！」

幸代和晃子忍不住驚叫起來。因為她們完全不知道這件事，而且「女神的侄子」這幾個字和本間課長超級不搭。

「果然是這樣。」矢田小聲說道，「這樣就有了合理的解釋，難怪本間課長會寫出那種意有所指的自傳，而且那麼無能的人竟然能夠進這家公司……咳咳咳。」

「星花的老闆娘和花世小姐有一個年紀相差很大的哥哥。」

幽靈部長娓娓道來。「本間就是那個哥哥的兒子，因為他太不中用了，老闆娘很擔心他，拜託熊井先生讓他在公司卡位。」

「部長，你為什麼知道這些事？」

「嗯？本間告訴我的啊。」

「所以說，」幸代揉著隱隱作痛的額頭說：「課長一開始就和薩里梅尼有密切的關係。」

「沒錯，」幽靈部長垂下雙眼，「當初是本間找我成立社史編纂室。本間的目標就是希望能將兩個女人被迫被捲入商戰的事實，和星間商事的歷史正確地留給後世。」

「既然這樣，他為什麼不早說？」

晃子嘟著嘴。就是嘛。幸代也點著頭。

「高舉目標的行為不是很不風雅嗎？」

幽靈部長害羞地說道。他似乎是個含蓄的人。

「我被派去薩里梅尼分公司五年，那裡的生活節奏很緩慢，食物也很好吃，是個好地方。我無法接受星間的社史中沒有薩里梅尼的記錄，即使是不利於公司的事實，也必須如實記載。」

「你在薩里梅尼見過老闆娘和花世小姐嗎？」晃子問。

「沒有沒有。」幽靈部長回答，「我被派去薩里梅尼時，帕洛總統早就流亡了。我不認識花世小姐，也是在社編室成立之後才見到星花的老闆娘。」

「妳以為幽靈部長有多老啊？」

矢田斥責晃子。幽靈部長繼續訴說道：

「社編室成立後不久，我們努力調查薩里梅尼的事，結果就被柳澤專董盯上了。社史編纂的工作也一度停擺。本間持續努力，但直到今天才又重新站起來。」

「如果製作地下版社史，會對部長（原本就不怎麼亮麗）的經歷造成負面影響，沒問題嗎？」

幸代擔心地問。

「反正我快退休了，最後當然要大幹一場。」幽靈部長一笑置之，「和本間聯手時，我就已經做好心理準備了。」

幸代和矢田用視線交談著。「我們離退休還很久，到底該怎麼辦？」「不是已經有幽靈部長和本間課長的活榜樣了嗎？下場就像他們一樣。」「啊，我才不要！」「我也不想啊，但沒指望了。」幸代和矢田帶著悲慟的心情搖著頭。

「本間一直在等待優秀的人才被派到這個部門。對很多事不會假裝視而不見，面對來自高層的壓力也不屈服，等待具有堅強意志的年輕下屬被派到社史編纂室。」

幽靈部長深有感慨地輪流看著幸代他們。「沒錯，就是你們！」

「不，即使被課長認為是優秀人材，也……」

幸代沒有繼續說下去。

「自己那麼無能，卻要求下屬優秀出色，這個人是怎麼回事啊！」

矢田小聲咒罵道。只有晃子天真地感到高興。

「哇噢！被稱讚了。」

走廊上傳來悠然哼歌的聲音，歌聲越來越近。門打開了，手上拿著晚報的本間課長走了進來。室內所有人的目光都集中在課長身上。

「咦？發生什麼事了？各位的表情都很僵硬。來，笑一個、笑一個。」

完了。看到課長一臉傻樣，幸代不想再抱怨他了。自從被分配到社史編纂室後，她已經養成了把空虛感往肚裡吞的習慣。

「本間，你這麼早就回來了。」幽靈部長的辦公桌被搶走了，所以走向門口。「沒辦法，我沒地方可以坐，只好去員工食堂喝杯茶了。」

幸代心灰意冷地面對電腦，幽靈部長從她身後經過時，小聲地說：

「你剛才問，為什麼柳澤專董千方百計想要封印薩里梅尼時代，這件事可以去問星花的老闆娘。」

年終獎金要用來支付冬季動漫市新書的成本和地下版社史，所以不能隨便亂花錢。幸代來到「星花」後，向老闆娘如實說明了情況，老闆娘同意站在後門和她聊天。

「啊呀！上班族真辛苦。」

老闆娘用她的「女神式發言」，對受薪階級的悲哀一笑置之。幸代內心燃起了鬱悶之火，想著「什麼時候提出募款的事比較好」？

老闆娘優雅地用手撫摸著臉頰，回想了片刻後答道：

「我不認識柳澤先生。」

「那前專董秋山呢？柳澤專董是秋山的女婿。」

「秋山先生？我和秋山先生很熟。」老闆娘點了點頭。「現在我知道了，妳是要問總務的派系不希望薩里梅尼時代的事公諸於世的理由。」

老闆娘壓低聲音，幸代也探出身體屏息以待。老闆娘沒有太多皺紋的臉就在眼前，擦著紅色口紅的嘴唇宛如薩里梅尼的月牙般彎了起來。

「因為有黑市交易啊。」

「交易什麼？」

「稿紙啊。當時就有人懷疑了。我妹妹寫給我的信上也提到『我覺得很奇怪』。」

「啊！妳的意思是，」幸代迅速思考著，「總務部把星間商事的特製稿紙賣給了競爭公司嗎？」

「對！原本不是由總務部去訂製那些稿紙嗎？那是花世在薩里梅尼用一萬圓一張出售的稿紙，如果在黑市以半價出售，不是可以賺不少零用錢嗎？我猜想秋山先生應該藉此中飽私囊。」

所以秋山和柳澤的總務派系不希望別人調查薩里梅尼的事。

「花世小姐沒有採取什麼措施，防止別人在黑市交易稿紙嗎？」

「好像沒有。特製稿紙就像是花世的生命線，她可能覺得『也該適度讓星間的員工賺一點』。」

幸代對激烈的爾虞我詐感到佩服，同時也覺得有點害怕。如果自己在當年被送去薩里梅尼，恐怕無法像花世那樣順利穿越驚濤駭浪。

「但所有的一切都是揣測。」

老闆娘無奈地嘆著氣。「正因為沒有任何證據，所以也無法讓柳澤專董失勢吧？」

「我並不是希望他失勢。」

幸代連忙搖頭。她原本就不是為了這個目的，也無意捲入公司內部權力鬥爭的漩渦，更不是為了揭露不法行為或滿足自己微不足道的正義感。

「只是想要瞭解事實，留在社史上傳給後世。」

「你們很與眾不同。」老闆娘露出微笑，她的眼神不像是同情，更像是羨慕。「不管是妳，還是上次一起來店裡的同事都一樣。明明沒有任何好處，卻很努力地調查。」

同人女的特徵就是在熱衷某件事時，不會計較利害得失。幸代在內心回答道，但說出口的是完全不同的回答：

「正如我剛才所報告的，我們只是想用某種方式記錄調查出來的成果，但印刷費還差了二十萬。」

幸代故意多報了一點。

老闆娘面不改色地說：「這沒問題啊。」她拍了拍手，服務生立刻從後門走出來。就是每次都在店裡看到的年輕男性。他把手上的牛皮紙信封交給老闆娘。

「請收下吧。不用開發票給我。」老闆娘把信封交給幸代，裡面感覺的確有二十萬。「但作為交換，印好之後請給我幾本，讓我放在店裡。」

嗯，真是太了不起了。她巧妙地運用優美且不俗的高超手腕，展現出一種視金錢如糞土的從容。

年輕的服務生站在老闆娘身後，一臉懷疑地觀察著幸代，就像是任何時候都豎起耳朵、忠實地守護主人的看門狗。

幸代向老闆娘道謝後轉身離開。她從來沒有把二十萬現金帶在身上的經驗，所以把裝了信封的包包抱在肚子前，走在青山大道上，忍不住覺得自己未免也太寒酸了。

回到公寓後，幸代立刻開始思考要把錢藏在哪裡。

雖然存在銀行最安心，但如果帳戶裡有多餘的錢，很可能會想要刷卡購買私人用品。這是為了印製地下版社史的重要資金，必須連同信封隔離在某個地方，不能和生活費或是娛樂費混在一起。

幸代一下子打開櫥櫃的抽屜，一下子把字典從書架上拿下來。不行不行，不能藏得太隱密，萬一忘記藏在哪裡就慘了。

煩惱了半天，最後她決定放在冰箱的「鮮味凍結室」。

大功告成了。

她覺得如釋重負，攤開早上來不及看的早報。這時，一張明信片掉落在榻榻米上。

明信片上印著一片蔚藍海洋。幸代的心臟劇烈跳動，她用顫抖的手撿起明信片，翻到背面。

明信片上貼著一張色彩鮮豔的鳥類圖案郵票。郵戳已經看不清楚了，但可以看到熟悉的文字寫著幸代的地址、姓名和「Air Mail」幾個字。

是洋平寄來的明信片。他到底寫了什麼？

幸代用因為緊張而變得模糊的雙眼看著明信片。其實內容很簡潔。

「想成為風箏的斷線。」

「看不懂！」

幸代忍不住對著明信片吐槽。雖然是自言自語，但似乎太大聲了，不知道隔壁鄰居會不會覺得奇怪。

她屏住呼吸，靜聽著鄰居的動靜，等心情平靜後，又看了一遍明信片。上面的確只寫了一句「想成為風箏的斷線」。

「什麼意思啊？」

她試著倒過來唸，放在日光燈下，最後差點就拿去瓦斯爐上烤。好不容易才打消念頭，鑽進被子裡。她把明信片放在枕邊，深深地嘆了口氣。

想拿遙控器關燈時，她看到掛在牆上的月曆。洋平出門旅行已經兩個多月了。

他目前人在哪裡？既然有時間寫這種讓人費解的明信片，為什麼不早點回來？

剛才在思考要把錢藏在哪裡時，已經把洋平的事忘得一乾二淨。幸代想道。她似乎有點瞭解那些滿腦子都想著賺錢的人的心情了。

金錢能讓人很快忘記不想思考的事，還有不願意面對的事。

十、

☾ ☆ ☾ ☆ ☾ ☆

「海盜，把野宮先生還給我！」

魯潘嘉不理會松永的吶喊，他的塞・頓・恩謝克駛離碼頭。被魯潘嘉擊中要害的野宮在甲板上昏了過去。

「哈！哈！哈！區區影印機的業務員竟然想和我大海盜魯潘嘉對決，我笑得肚子都疼了。」

魯潘嘉放聲大笑的聲音隨著海浪聲傳入松永耳裡。「把稱為『烏娜眼眸』的南洋黑珍珠拿來，才有資格和我談交易。在此之前，你心愛的野宮就由我來保管。哈！哈！哈！」

「王八蛋，海盜魯潘嘉，你太卑鄙了！」

松永咬牙切齒，跳上了手划的小艇。「野宮先生，請你多保重！我一定會追上你們，一定會把你救出來的！」

☾　☆　☾　☆　☾　☆

由於必須同時寫冬季動漫市新書的文稿和地下版社史的稿子，幸代的腦袋裡一片混亂。

「幸代姊、幸代姊！妳沒事吧？」

晃子搖醒了她。

「啊呀，我到底在寫什麼啊。」

她這才終於清醒。這已經不是第一次了。松永和魯潘嘉在文稿上突然相遇，兩人應該也不知所措吧。

「但是我真的好睏啊。」

因為無論在家還是在公司都持續寫稿，幸代肩膀痠痛，雙眼布滿血絲，慘不忍睹。

「幸代姊，明天是星期六。」晃子擔心地遞了餅乾棒給她，「妳在家裡好好休息吧。」

「是啊。休息一天也沒關係。」

幸代咬著餅乾棒。就在這時，糖分在大腦中形成一道閃電。

「星期六!?十二月的第一個星期六!?」

晃子被幸代的氣勢嚇到了，整個人連同椅子向後倒。

「是啊！十二月一日，星期六。」

「完蛋了——！」

幸代雙手抱著腦袋，趴在桌子上。

「吵死了！川田，妳的反應太誇張了。」

矢田隔著資料，把橡皮擦丟了過來，但幸代完全無法做出反應。

明天是實咲舉辦婚禮的日子！她把這件事忘得一乾二淨了。怎麼辦？這一陣子連續熬夜，皮膚變得很差，也沒有去髮廊，連參加婚禮的衣服也沒買。更可怕的是——

「沒錢包紅包！」

幸代趴在桌上低聲嘀咕道。

之前買漫畫和外食時，完全沒有把紅包的錢計算在內。去參加摯交好友的婚禮要包多少錢？對年近三十、有工作的人來說，一萬圓太少了吧？但如果要包三萬圓，接下來的日子恐怕都得吃吐司邊了。兩萬圓嗎？「二」的數字代表還要再來一次，所以參加婚禮時是禁忌。等一下，英里子包多少？發訊息問她一下好了。

幸代在桌子下方操作著手機。英里子不一會兒就回覆訊息了。

「我覺得三萬圓差不多，妳覺得呢？」

「我也這麼覺得。」

幸代含淚回覆。吐司邊吃定了。

不！不能輕言放棄。幸代猛然坐起身來。對了！冰箱裡還有二十萬圓，先從那裡借用三萬圓。幸虧那天向老闆娘多報了一些。

當然，她會歸還這筆錢。即使最後那些錢有剩，老闆娘應該也不會收下，付完印刷費之後，剩下的錢就拿來當作社史編纂史慶功宴的費用。

「只是借一下，只是借一下。」

幸代回家後，邊唸經般地喃喃自語，邊從冰箱裡拿出信封，抽出三張冰冷的紙鈔後放進紅包袋裡。

最近因為於公於私都投入同人活動，自己快要誤入歧途了，真希望洋平能夠在這種時候陪伴在自己身旁。幸代心想。雖然洋平身上也不會有多餘的錢，但他這個人很清廉。如果看到幸代剛才的行為，一定會打她的手說：「笨蛋！」然後把錢放回信封裡。

「良心的螺絲鬆脫了。」

幸代再度自言自語，吸了吸鼻子。這也是無可奈何的事。我的良心。因為我內心的愛、內心的真善美洋平，不知道什麼時候才會回來。

「喔！這句句子超讚的啊。」

幸代暫時解決了紅包的問題，馬上打開電腦，開始卯足了勁寫下松永和野宮的故事。

☆　☆　☆　☆　☆　☆

「我沒想到你竟然這麼邪惡。」

野宮回想起松永剛才的態度，靜靜地笑了起來。面對競爭對手展開搶生意的攻勢，松永非但毫不退步，反而攻擊對方的要害。按照目前的形勢發展，野宮被調去的子公司，可能也會和「伊康」簽下租賃影印機的契約。中途參加簡報的野宮對向來溫厚的松永所表現出的巨大落差感到驚訝不已。

「沒辦法啊。」

松永像往常一樣，像一隻忠實的大型犬跟在野宮身後。「因為你出差兩個星期，我一直無法見到你。」

「我去出差和你在工作上採用這種攻擊的方式，到底有什麼關係？」

「因為你是我的良心。」

只要能夠陪伴在你身旁，我就會感到無比的快樂。松永忍不住瞇起眼睛，彷彿在這麼說。

「因為你是我所有的愛，如果沒有你，我就會變成像野獸一樣，殘酷而可憐的動物。」

「我真不希望看到這樣的你。」

「那好啊！」松永露出微笑，「請你不要離開我，最好永遠都不要離開。」

☆　☆　☆　☆　☆　☆

「喂！幸代，妳怎麼了？」

一見到英里子，幸代就被她拉到角落，「妳的臉也太慘了。」

「有這麼慘嗎？」

「即使想要說得客氣點也沒辦法。妳的黑眼圈真的太像貓熊了。」

熊像貓熊？幸代一下子沒聽懂英里子的意思。她的大腦完全失去思考能力。

「因為我昨天熬夜寫稿。」

她和英里子一起走進廁所，站在洗手台前。因為光線昏暗，再加上四周的牆壁都是鏡子，光線產生了漫反射，根本看不清臉上的氣色。幸代借用英里子隨身攜帶的嬌蘭蜜粉，用粉撲輕輕撲在臉上，希望看起來不至於太慘。

「妳有沒有見到實咲？」

「還沒耶。」英里子搖了搖頭，「會場好壯觀。」

實咲的婚禮和婚宴在東京鐵塔附近的飯店舉行。電扶梯、電梯和通道在嶄新的高層大樓內部複雜交錯。幸代從入口走往地下宴會廳時還迷路了。好不容易來到地下宴會廳，才發現婚禮是在庭園內舉行。

當她和英里子來到被綠意包圍的小教堂（設計太過現代了，感覺像新興宗教的設施）前時，幾乎都快貧血昏倒了，難怪黑眼圈也更深了。

「我好想趕快吃飯。」

「婚禮結束，再移動到宴會場地，等致詞和乾杯結束才會送上料理，起碼還要等上兩個小時。」

幸代帶著絕望的心情坐在小教堂後方的長椅上，看著剛才發的歌詞卡唱著讚美歌。然後在工作人員的指示下把花瓣撒在紅毯上，為身著婚紗實咲鼓掌。

「實咲好美。」

英里子感動地低聲對幸代說。實咲身上的白色婚紗有美麗的光澤，款式很簡單，披著頭紗的實咲臉上的表情更顯明豔動人。她今天真的好美。幸代用手按著肚子，以免肚子發出的咕嚕咕嚕聲破壞了實咲交換誓詞那一幕。

看到朋友幸福的樣子很高興，但為什麼同時會有種暈眩感？這幾年來，幸代得了一種病。就是每次聽到結婚和生孩子，就覺得自己快昏過去了。

7：日文中的黑眼圈和熊讀音相同，皆為「kuma」。

在小教堂舉行完婚禮後，實咲發現了幸代和英里子，她向她們露出微笑。接下來要丟捧花了。工作人員催促著說：「請單身的朋友和親戚到前面來。」

我才不要去。幸代假裝已婚，躲在英里子背後。實咲丟出的捧花打中幸代頭頂，被身旁一個穿著制服的女孩接到了。那個女孩似乎是新郎的表妹，她興奮地尖叫起來。

只有那種年紀才會為了接到捧花而高興不已。幸代忍著嘆息。我已經接過三次捧花了，現在還不是照樣結不了婚。

幸代倚靠在柱頭卷紗的巨大柱子上，等待宴會場準備就緒。參加婚禮的人在休息室內相互打招呼、聊天。實咲只邀了幸代和英里子兩位高中同學，所以她們沒有被任何人打擾。幸代邊吃著點心邊啜飲葡萄酒。

英里子正在看幸代今天早上剛列印出來的文稿，看起來像在利用空檔看資料。新郎的幾個朋友從剛才就在偷瞄外形亮麗的英里子，但英里子完全沒有察覺。英里子已經結婚了，不告訴她也沒關係。

幸代有點自卑。她身上的洋裝在英里子的婚禮時也穿過。這是她咬牙買下的Ann Demeulemeester，而且搭配了一條和參加英里子婚禮時不同的項鍊。看來還是該買一件新衣服才對，只不過手頭拮据，無法如願。唉！真是恨死地下版社史了。

幸代喝完第三杯葡萄酒時，英里子開口了。

「嗯……，該怎麼說，雖然不錯，但松永好像太依賴野宮了。」

「會嗎？」

雖然幸代有粗略地看過，不過自己看總是有盲點。英里子是多年的朋友，而且又是幸代小說的頭號讀者，既然她這麼說，應該就是這麼一回事吧。

宴會廳（這家飯店稱為舞廳）的對開大門敞開了。

「各位久等了。」

工作人員引導大家進場。

幸代把文稿塞進小宴會包裡，和英里子一起坐在圓桌旁。同桌的是實咲的三個大學同學（女生）和新郎的兩個大學同學（男生）。

實咲貼心地把那兩個男生安排在幸代的左側，但他們都跳過幸代，直接找英里子說話。這讓幸代有點火大。

好啦！好啦！英里子是大美女，我長相平凡，而且還渾身散發出同人女的氣息。但其實英里子早就已經畫過好幾百根陰莖了。

幸代專心地吃著餐點。英里子似乎察覺到她的怒氣。

「原來你是神戶人呀。我老公以前也曾經住過神戶呢。」

她委婉地潑了新郎朋友的冷水。

「是嗎？妳老公喔。」

那個男人說完後，輕輕咂著嘴說：「既然結婚了，幹嘛不早說？」

幸代聽到男人的嘀咕，全身的血液都往腦袋衝。這個沒禮貌的男人是怎麼回事？她很想舉起啤酒瓶敲破男人的腦袋，但不想讓實咲難堪，而且英里子在桌布下踩著她的腳制止，她才終於忍住了。

婚宴的料理不斷送上來，賓客致詞也持續不斷。受邀的客人中，新郎的客人占了絕大多數，實咲有點不自在地在台上保持笑容。新郎被網球社的朋友灌了酒，已經喝醉了。和幸代同桌的三個女生唱歌表達祝福，但已經沒人在聽了。

「看這個樣子，妳覺得實咲真的能夠幸福嗎？」幸代在吵鬧聲中徵求英里子的意見。「雖然添田先生看起來不像壞人，但看起來像是那種骨子裡很封建保守的人。」

「這個世界上很少有真正的壞人，」英里子把紅酒一飲而盡，「所以，關鍵就在於分辨那個男人是不是只在意自己的自尊心和面子。但即使看走了眼，實咲仍必須自己負起責任，我們愛莫能助。」

英里子冷漠的口氣讓幸代有點嚇到，但立刻釋懷了。

英里子能夠找到一個和她合得來的丈夫並非幸運，而是英里子經過仔細觀察後做出的決定。英里子不光是對丈夫有這樣的要求，她也努力要求自己不要成為「只注重自己的自尊心和面子」的人。

「幸代。」英里子又恢復了柔和的聲音。「雖然我只見過妳男朋友幾次，但我很喜歡他。雖然他可能胸無大志，但很自由，能夠自由地接受自己的想法和妳的想法。這種人很難得。」

「嗯。」

「結婚這種事，順其自然不就好了嗎？」

「嗯，是啊。」

幸代發自內心表示同意。我的確要求洋平太多，太強求他了。

你是我的愛。這句話很有道理。但洋平的愛不只包括我，還包括旅行。雖然無法相信，也無法接受，但你是我的愛，所以絕對不要離開我。我如此期待，如此依賴洋平。

這是以愛為擔保的恐嚇。

實咲換了一件檸檬黃的禮服後，大家都到台上和她一起合照。幸代和英里子向她祝賀，實咲面帶笑容地說：「謝謝妳們來參加。」

「實咲，妳對冬季（動漫市）有什麼打算？」

聽到幸代的問題，實咲瞥了新郎一眼，連忙回答說：

「我不行啦，新年打算去他老家。」

「是嗎？我打算在冬季（動漫市）好好加油喔。因為要發表工作的總結報告。」

「工作？」

實咲滿臉納悶。這也難怪，因為她並不知道要在冬季動漫市發售地下版社史的事。

「我想和妳分享……。我會寄去妳新家。」

「不行啦，萬一被他看到……」

是即使被看到也沒關係的內容。幸代原本想告訴她，但最後還是作罷了。

「是嗎？也對，今天真的很恭喜妳。」

幸代難過地回到座位。英里子又繼續和實咲聊了兩、三句。

回程的電車上，英里子說：

「我對她說，我們會等她回來。」

「嗯。」

「幸代，妳振作一點。我們的盛典冬季動漫市很快就到了。」

「對！要盡情地買、盡情地賣同人誌。」幸代故作開朗地說：「不知道年終獎金夠不夠，我還欠了一點錢，要不然乾脆把定期存款解約好了。」

「買那麼多就太超過了。」

幸代和英里子一起笑著，心裡在想：「到底該等多久呢？」重要的人，真的會回到自己身邊嗎？

十一、

「終於完成了。」

本間課長深有感慨地拿著地下版社史說道。

星間商事株式會社社史編纂室全體成員製作的同人誌飄散出油墨的氣味，即使在快要報廢的日光燈下也發出光芒。雖然因為預算的關係，封面使用了最便宜的紙，而且是單色印刷，但反而顯得簡單端莊。

多虧了表參道那個色瞇瞇的設計師願意免費為地下版社史做設計。

「什麼什麼？妳們要反抗公司嗎？」

設計師問。

幸代還來不及解釋說：「不！沒到那種程度啦。」晃子便情緒激動地說：「對啊！但因為我們沒錢，所以不知道能不能做出好看的書。雖然說是要反抗，但搞不好會在公司淪為笑柄……」

晃子垂頭喪氣、抬眼看著設計師的樣子，再度撩撥了設計師的男人心（或者是色心）。

「晃子，妳真見外，免費設計一、兩張封面根本是小事一樁嘛。」

「啊？真的嗎？你人真好！我太高興了！」

晃子搖晃著身體，手臂把乳溝擠得更深了。

晃子和設計師也許對分別扮演「用柔弱的態度拜託別人的可愛女生」，和「被可愛的女生拜託，就忍不住拔刀相助的男人」的角色而樂在其中。幸代在一旁觀察時，忍不住有這樣的感想。晃子和設計師交換了共犯的眼神，好像在說：「設計師，你很會接球嘛！」「這代表妳很有魅力啊！」「你真會花言巧語！」彼此相視而笑的表情中，有種在運動場上對決後的爽快。

晃子要求設計師用那張「燒成一片荒地的星間商事」照片作為地下版社史的封面。原本打算用在正規社史的封面上，但柳澤專董不同意這個方案。晃子似乎對此耿耿於懷。

雖然幸代搞不懂為什麼晃子對那張燒成一片荒地的照片這麼執著，但看到晃子和設計師討論得很融洽，就把話吞了下去。

祕密出版的地下版社史進行得很順利。設計師為了自己的面子（以及對晃子下半身的期待），在有限的時間內做出了最棒的設計。興和印刷承包了地下版社史的印刷、裝訂工作。

幸代原本打算委託專門製作同人誌的印刷廠印製，已經問了幾家，也估了價，最後心血來潮地寄了委託估價的單子給興和印刷的水間，並附上地下版社史的文稿。

當初是因為水間才能找到「星花」的老闆娘，所以他們很希望水間能知道，這次將用地下版社史的方式，將薩里梅尼的真相流傳給後世。

水間之前曾經說過「不想和星間商事再有任何牽扯」。幸代猜想他即使看了文稿，恐怕也只會冷笑一聲。幾天後，社史編纂室的電話響了。

接起電話的幸代只說了「星間商……」幾個字，水間沒有自報姓名，就在電話中劈頭問道：「其他印刷廠估多少錢？」

「呃……。請問是水間先生嗎？興和印刷的？」

幸代從老人沙啞的嗓音判斷後，戰戰兢兢地問道。

「對啊。多少錢？」

「目前大致是三十萬。」

「我用二十五萬接。」

聽到這個打破行情的價格，幸代驚訝不已。

「但是，這樣你就沒有利潤了。」

「我看了文稿，」水間用聽起來很冷淡的語氣快速說道：「你們是基於某種利益出版地下版社史嗎？」

「不是。」

「我也一樣，偶爾也會有不計較金錢做印刷的心情。」

「謝謝。」

幸代感動不已，說話時也有點哽咽。

「下次記得再帶馬可羅來。」

水間害羞地說完後，也和打電話來時一樣，突然掛斷了電話。

是馬卡龍。幸代小聲嘀咕，輕輕掛上電話。

在參加冬季動漫市的兩天前，也是今年最後一天上班的十二月二十八日，地下版社史終於完成了。

「我已經送出去了，中午就會收到。」

水間一大早就打電話通知。水間一定動員了興和印刷所有老舊的機器，快馬加鞭地趕製完成。接獲這個消息後，她忍不住歡呼：「趕上了！」但得立刻面對現實。

社史編纂室的其他人可能察覺了電話的內容，相互牽著手興奮地說著：「趕上了！」「趕上了！」

幸代看著他們，語氣沉重地說：「我發現一個很嚴重的問題。」

「什麼問題？」

晃子一臉天真地偏著頭問。今年的最後一個上班日，公司員工要花半天的時間做個大掃除，所以晃子頭上包著三角巾，穿著粉紅色圍裙。她的圍裙下露出了大腿，手上拿著撢子。這是什麼造型的變裝？而且圍裙胸前的部分是心形，不光是本間課長和幽靈部長，就連幸代從早上開始，就忍不住盯著晃子曲線畢露的身體。

只有矢田看到晃子的變裝（？）也面不改色，默默地拖著地板。幸代覺得矢田漠不關心的樣子反而可疑，但現在沒時間理會這些事。

「地下版社史已經印好了，中午過後就會送來。」

「嗯！快等不及了。」

在大掃除時根本毫無功能的本間課長被趕到桌上，他正跪坐在上頭喝茶。

「有什麼問題嗎？」

「之前完全忘了一件事，送來的書要放在哪裡？」

「不能放在這個房間裡嗎？」幽靈部長張開雙手，指著社史編纂室說：「我的桌子可以讓出來。」

這次大掃除時把第五張桌子整理乾淨，幽靈部長終於有了自己的座位。雖然貴為部長卻坐最下座，但他似乎並不在意。

「根本不夠啊。」幸代搖了搖頭，「我猜想兩千本同人誌應該有二十個大紙箱。」

「啊！」

社史編纂室的所有人都發出慘叫。

「為什麼是猜想？猜想是怎麼回事？」

「因為兩千本是未知的領域，我們社團最多只印過一百本而已。」

「要努力把生意做大！」

「如果有一百人看我們的同人誌，就已經十二分滿足了！」

幸代和矢田的爭論已經失焦了，晃子插嘴問：「怎麼辦？這個辦公室本來就夠小了。」

「先把地上的資料整理乾淨。」

幽靈部長撿起地上的書。

「把桌子搬去角落，快點、快點。」

本間課長跳了下來。

所有人齊心協力，把不需要的書搬去別館的資料室，發出雷鳴般的聲音搬動桌椅。所有人連午餐都沒時間吃，總算在辦公室角落騰出空間。

「啊！我的絲襪破了。」

晃子為突然增加的工作嘆了口氣。

「既然知道今天要大掃除，就應該帶運動服來啊。」

矢田在尋找應急的快乾膠時數落道。他果然很在意晃子的打扮。幸代在心裡偷笑。

「我得去買新的絲襪，因為今天傍晚要約會。」

晃子語氣堅定地說。似乎是藉由告訴矢田這件事好讓自己下定決心。她準備放棄矢田了嗎？幸代驚訝不已，但在矢田面前不方便詳細追問，只問了一句：

「和誰？」

「青木先生啊。」
「那是誰啊？」
「設計師青木先生啊！表參道的那個。」
「妳說什麼！」
幸代忍不住放下搬到一半的桌子，重量全落在和她一起搬桌子的課長手上。課長一個重心不穩，後腦勺撞上書架，他發出呻吟，但沒有人擔心他。幽靈部長和本間課長都看著散發出緊張空氣的幸代、晃子和矢田。
「妳要和他約會？到底在想什麼啊？」
「怎麼了？」
「晃子，妳聽我說。我們欠那個色瞇瞇的設計師人情，妳和這種人約會，誰知道他會提出什麼要求，作為他免費為我們設計地下版社史的回報？」
「青木先生不會提出什麼要求啦。」
晃子露出自暴自棄的笑容。「而且，即使這樣也沒關係。」
不可以自暴自棄！幸代很想大叫，但不能在矢田面前讓晃子下不了台，所以把話吞了下去。矢田不發一語地拖著地板。
這個人還在猶豫不決。
幸代擔心不已，用溫柔的口氣對晃子說：「總之，我勸妳別去這種約會。」晃子還沒回答就接到了電話。貨運公司的司機如約打電話來了。

「我已經把貨車停在貴公司後門了。」

算了，先不管約會的事了。晃子是成年人，而且這是晃子和矢田的問題，自己不能過度干涉。幸代這麼告訴自己，然後回答司機說：

「我馬上過去。」

幸代和晃子分別推著一輛空推車在走廊上奔跑，搭乘員工使用的電梯到後門去。矢田、本間課長和幽靈部長則把棉紗手套藏在口袋裡，從正門繞到建築物外。如果大家一起行動，恐怕會被人發現有地下版社史這件事。

果然不出幸代所料，送來的書總共有二十箱，而且每一箱都很重。幸代和晃子勉強可以搬起來，但搬在手上就覺得腰快閃到了。一輛推車最多只能載四箱，因為太重的關係，推車的小輪子也被壓得不太靈活。

幸代和晃子推著小推車，在地面發出嘎哩嘎哩的摩擦聲。兩台車子總共載了八箱，矢田、本間課長和幽靈部長各抱了一箱，總共十一箱。必須再跑一趟，才能夠全部搬完。

「這太顯眼了。」

所有人總算避人耳目地搭上了業務用電梯，但到達社史編纂室所在的樓層時，一定會在走廊上遇到其他同事。幸代在電梯內緊張起來，不知如何是好。

「但如果分批搬運，反而更容易被看到。」

矢田費力地用手肘按下樓層鍵，嘆了口氣。

「你們的腦袋真不靈光啊。」

課長開朗地笑了起來，把箱子放在地上，然後從西裝口袋裡拿出油性麥克筆。「這樣不就解決了嗎？」

課長在紙箱顯眼的位置潦草地寫上「備品」和「擺設」。又不是搬家，怎麼搬這麼多備品和擺設？雖然幸代覺得並沒有「解決」問題，但一時也想不到其他方法。

電梯門打開後，幸代他們搬著「備品」和「擺設」，落落大方地走在因為全公司大掃除而有點喧鬧的樓層走廊上。本間課長和幽靈部長擺脫了再去搬第二次的命運，因為人手已經足夠。而且他們才搬了一次，就一直嚷嚷著腰痛。

二十箱地下版社史就這樣全部搬進社史編纂室，本間課長正高舉著地下版社史，一臉陶醉地看了起來。

「『薩里梅尼的女神』。嗯，真是個好名字。」

「看到這種書名，誰都會想要一睹為快。」

幽靈部長也興奮地翻閱著。是這樣嗎？幸代內心產生質疑，但歷經千辛萬苦完成的地下版社史拿在手上，的確很有滿足感。只不過幸代不覺得會有多少人願意知道半個世紀前，在南方島嶼發生的商戰。

看到第一次製作的書終於完成，晃子和矢田也難掩興奮。

「封面照片的挑選很有品味啊。」

「印得很漂亮，千萬不能小看同人誌。」

算了，暫時不要潑冷水。幸代決定和大家一起沉浸在喜悅中。

大家不時摸著封面，翻開目錄，或是檢查自己負責的頁面是否有錯字。因為桌子都搬到了角落，所以無法坐在椅子上。所有人都坐在地上，被周圍的紙箱山包圍。側坐的晃子內褲都快露出來了，幸代忍不住為她捏一把冷汗。

「照理說，應該買啤酒回來，在這裡慶祝地下版社史完成。」

過了一會兒，本間課長說道：「但後天才是關鍵，今天就先解散。各位，我們要分頭把準備在冬季動漫市販售的地下版社史帶回家。」

「等一下。」

該來的終究躲不過。幸代下定了決心，制止了正在把紙箱一個個打開的課長。

「課長，我想要請教一下作為參考。你覺得在冬季動漫市可以賣出幾本地下版社史？」

「五百本左右？」

課長害羞地回答。這個數字似乎還是他保守估計的結果。

「不可能。」幸代決定告訴他現實，「參加冬季動漫市的社團非常多，雖然很幸運地申請到攤位，但我們社史編纂室是初次參加，而且販售的是『地下版社史』這麼不起眼的書。老實說，根本賣不出去。」

「那就免費……」

「即使免費，別人也不願意拿。每個人自己買的同人誌就已經夠重了。」

「那就帶兩百本左右？」

課長垂頭喪氣地說。

即使帶五十本還有剩。幸代雖然這麼想，但覺得課長太可憐了，委婉地提議說：

「帶個一百本左右吧。」

最後決定五個人分別把一百本地下版社史帶去冬季動漫市的會場，還特地為幽靈部長上了一堂課，讓他瞭解什麼是動漫市，在哪裡舉行。

「那我先走了，冬季動漫市見。」

晃子走出社史編纂室。哪有女生帶著二十本同人誌去約會的？算了，反正她約會的對象就設計那本同人誌封面的男人。幸代揉著眉頭。等一下，不對不對，是不是該堅決阻止她和色瞇瞇的設計師約會？

矢田靠著紙箱站在那裡，好像上了發條的人偶般生硬地轉動著脖子。

「川田。」

「啊？」

「妳知道那個設計師的電話嗎？」

幸代急忙把寫在記事本上的設計師事務所電話號碼讀了出來。矢田用自己的手機按下號碼。

「我是星間商事社史編纂室的矢田，之前謝謝貴公司的幫忙，請問青木先生在嗎？……啊，你好，青木先生嗎？不好意思，今天的約會要取消了。為什麼？因為晃子要和我約會啊。那就這樣，不好意思囉。」

幸代目瞪口呆，看著矢田掛上電話後穿好大衣。他單手拿起公事包，另一隻手再度操作著手機，將話筒靠在耳朵上。

「晃子，妳還沒搭電車嗎？是喔，我馬上過去，妳在那裡等我。」

矢田悠然地把手機放進大衣口袋，對幸代露出微笑，離開辦公室。

晃子一定會「在那裡等」，直到矢田出現。即使設計師打電話給她、即使地下版社史太重害她的包包破掉，她都會在那裡等著矢田。帶著期待和些許的不安等著。

晃子，太好了。多虧了妳那份默默而執著的熱情，矢田終於擺脫了上一段戀愛的陰影重獲自由了。

這件事比完成地下版社史更令幸代感到高興。本間課長和幽靈部長對著矢田的背影拍手。

只不過自己無暇為同事的戀愛進展開心。

幸代回到冷清的公寓，重重地嘆了口氣。今年只剩下三天，洋平仍然沒有回來的跡象。洋平在日本時，他們都會在公寓一起迎接新年，但四天後就是新的一年，幸代今年似乎要一個人過年了。

幸代沒有見過洋平的父母，只知道他們住在川越。洋平和父母的關係並不差，但據幸代所知，他們交往之後，洋平只回去過了兩次年。

「我哥哥全家住在附近，他有三個兒子，我每次回去，他們就吵著『叔叔，陪我玩。』」

洋平似乎很受不了。

幸代覺得很可疑。以洋平的個性，應該並不討厭和小孩子相處（因為他和小孩子一樣瘋）。他之所以不常回家探親，大概有其他原因。比方說，可能他喜歡的女人嫁給了他哥哥，所以他會感到不自在。

幸代認為真相八成是如此，但從來沒有當面問過洋平。幸代在這件事上發揮了同情心。

唉，沒辦法，過年就回娘家吧。幸代為了冬季動漫市，像千手觀音一樣製作著影印本新書的同時想道。但是，只要和父母見面，他們一定會繞著圈子討論結婚的事，讓她覺得煩不勝煩。

她花了整整一天做完影印本，也準備好找零的錢和價格卡，在十二點之前鋪好被子。原本打算敷面膜時再確認一次地下版社史和影印本有沒有錯字，但不知不覺就睡著了。

冬季動漫市當天，幸代醒來時發現乾掉的面膜殘骸好像死亡面具。可能是半夜感到呼吸困難就把面膜剝下來了。不知道是不是太早拿下來了，皮膚完全沒有滋潤感。

如果不澆水，生命力再頑強的仙人掌也會枯死。

「我受夠了。如果再不回來，我就要和你分手。」

幸代生氣地對著在遙遠天空下的洋平吐出詛咒，把死亡面具般的面膜用力丟進垃圾桶。

十二、

對幸代來說，那一年冬季動漫市的忙碌創下前所未有的紀錄。

參加動漫市的所有社團，每個攤位都可以領到三張「社團入場證」。社團參加者可以在開場之前出示出入場證，進入國際展示場為攤位做準備工作。沒有入場證的一般民眾必須在展示場外排隊等待開場，通常都會大排長龍，必須等到中午之後才能順利進場。

幸代手上有三張「月間企劃」的社團入場證，和三張「星間商事株式會社社史編纂室」的入場證。「月間」屬於「創作・JUNE」，所以攤位在西館；「星間」屬於「評論」，所以攤位在東館。

問題是動漫市開場之前，連結西館和東館之間的通道是封鎖著的，無法自由進出。參加動漫市的所有社團必須將當天販售的同人誌各一本交給主辦單位。社編室的人都是第一次參加，幸代很擔心他們是否能夠妥善做好攤位的準備工作。

於是，幸代只能把「月間」的攤位準備工作全部交給經驗老道的英里子，自己用「星間」的入場證，和晃子、矢田一起在東館進行準備工作。她把「月間」的社團入場證交給本間課長和幽靈部長，把毫無戰力的上司推給英里子，所以她對英里子很過意不去。

矢田和晃子出乎幸代的意料，並沒有你儂我儂，保持像平時一樣的態度和距離做準備工作。他們好奇地填著資料，把《薩里梅尼的女神》用更吸引人的方式陳列在長桌上，看起來樂在其中。

「有點像小時候玩辦家家酒。」

晃子在價格卡上寫上「兩百圓」時笑著說道。因為地下版社史並不是大家想要看的內容，大家商量之後，決定了一個不計成本的價格。

「以前從來沒有把自己製作的東西直接賣給別人的經驗，現在好興奮呢。」

沒錯。動漫市和同人展的最大優點，就是可以直接買賣認真創作的作品。幸代正準備點頭，突然想到一件事。

「先不說這個，」她拉著晃子的袖子，「妳前天見到矢田先生了嗎？」

「啊？」

「別那麼小器，告訴我嘛。」

幸代輕輕搖晃著害羞的晃子。晃子吞吞吐吐，看到矢田正在專心地在紙板寫上推銷《薩里梅尼的女神》的文句，小聲對幸代說：

「我們上床了。簡直就像在做夢。」

幸代並不是想問她有沒有做愛這麼直接的問題，但晃子雙眼發亮，似乎還在回味。知道她很幸福，所以幸代也就沒再說什麼。

一到開場時間，本間課長和幽靈部長就出現在東館。

「我們很擔心萬一書都賣完了怎麼辦？所以趕快趕過來。」

他們把帶來的《薩里梅尼的女神》也放在桌子上。「怎麼樣？賣掉幾本了？」

「一本都沒賣出去。」

「太奇怪了。」課長偏著頭，但立刻調整好心情。「才剛開場而已。川田，妳趕快回去自己的攤位，晃子和陳平，你們也去四處參觀一下。」

本間課長和幽靈部長把幸代他們趕走，自己坐在鐵管椅子上。幽靈部長時而確認裝了零錢的鐵罐，時而打量著紙板，喃喃地說著：「『社史編纂室終於查明五十年前薩里梅尼商戰的真相！』這句話很吸引人嘛。」似乎覺得照顧攤位這件事很新鮮，但本間課長卻拿出熟悉的影印本看了起來。

「這不是我的新書嗎？」

「自從夏季動漫市後，我就一直很想知道後續的發展。松永和野宮的故事到這次就結束了吧？真是太可惜了。」

☆　☆　☆　☆　☆　☆

沒錯，松永心裡很清楚。

他痛苦地把啤酒一飲而盡後捏扁鋁罐。地上已經有十個空罐子。他踢開空罐，走向廁所。

松永住的公寓廁所沒有窗戶，小解的時候，只能盯著放在架子上的備用衛生紙。那是之前野宮來家裡玩的時候在車站前的超市買的，他還記得那天他們一起出門採買順便散步，並肩走在傍晚的步道上。

當時，野宮也沒有明確回答。當松永問他：「你喜歡單層還是雙層的衛生紙？」時，野宮露出委婉的微笑說：「那是你家要用的衛生紙，挑選你喜歡的就好。」

他隨時都為自己準備了後路。

松永用力關上廁所的門，來到走廊上時小聲地咒罵：

「膽小鬼。」

野宮絕對不會太過靠近松永，也不願意松永太靠近他。即使一起工作、一起吃飯，一起躺在床上感受著彼此的體溫，仍然能感受到彼此的距離。松永認為這是野宮的處事態度，也覺得不必操之過急，所以並沒有繼續逼近。

野宮先生瞭解我的心意。他也愛我。

因為他一直對此深信不疑。

沒想到，野宮前天突然向松永提出分手。就在他們經常去的居酒屋，在他向野宮報告即將調動部門後。

「你那裡也會和以前一樣，繼續由我負責，但以後我也要開始負責營業企劃的工作，所以內勤的工作會增加。」

「是嗎？太好了，你之前就說想要從事企劃工作。你深得客戶的信賴，也充分瞭解第一線的需求，所以公司才會重用你。」

「也不見得啦。」

聽到野宮的稱讚，他有點不好意思，但也很得意。松永總是希望能夠追上野宮，即使無法縮小年齡的差距，仍然希望自己在工作上有所成就，成為配得上野宮的人。對松永來說，野宮肯定自己的工作能力，比加薪或是把握了升遷的機會更加高興。

為了掩飾害羞，松永喝著杯子裡的燒酒。他察覺到坐在對面的野宮看著他。怎麼了？松永把杯子放回桌上，野宮緩緩地開了口。

「那麼，是不是差不多了？」
「啊？好啊。」
松永以為野宮說要離開，準備站起來。
「不是這個意思，」野宮搖了搖頭。「我是說，以後不要再像這樣見面了。」
松永跌坐回椅子上。他雙腿無力，無法維持半蹲的姿勢。
「為什麼……」
松永瞪大雙眼，口中嘀咕著。野宮笑了笑。他的笑容開朗而殘酷，令人懷疑他平時委婉的微笑去了哪裡。
「沒為什麼，只是沒有意義。你以後在工作上的責任更重了，我也很忙，我們彼此都忙，在百忙之中特地擠出時間維持這種關係並沒有什麼益處。」
益處？冰塊在杯中溶化，發出掉落的聲音。松永仔細打量著野宮的臉，想要瞭解他真正的想法。也許是自己的眼神顯得很無助，野宮仍然面帶笑容。
「我從來不覺得自己是擠出時間和你見面，」松永用沙啞的聲音費力地擠出這句話。「我和你見面，只是因為想見到你。野宮先生，對你來說不是這樣嗎？」
「因為受到你的影響，我也、和你、有過、性行為。」
野宮在說「性行為」時，額頭和耳朵都紅了，但仍然帶著毅然的態度繼續說道：「但我已經膩了，覺得該分手了。」
「你說謊。」

「我為什麼要說謊？」
「因為……」
你不是愛我嗎？松永原本想這麼說，但覺得太窩囊了，只能咬住嘴唇。他努力思考有什麼字眼可以代替「愛」這個字。
「起初或許是我採取主動，但無論在工作或是私生活上，都不可能因為惰性而持續某件事。」
「你太高估我了。」
「那我問你，你受到我的影響，至今為止，和像我這樣年紀比你小的男人上床，到底有什麼益處？」
「我非說不可嗎？」
野宮無奈地嘆著氣說：「我和前妻離婚多年，雖然不至於想花錢去發洩，但並不是完全沒有性慾。這時，你剛好出現，說那個、想要有性行為，所以對我來說，也比較方便。」
松永用拳頭捶著桌子。店內很吵，沒有人因為聽到敲桌子的聲音而回頭。野宮面不改色，只有肩膀微微顫抖了一下。
「別再說了，」松永低聲說道：「你不是這種人。」
「我說了，你高估了我。」
「你為了發洩性慾，隨便找一個男人上床嗎？你和你前妻離婚超過十年，從來沒有和任何女人或男人交往，整天埋頭工作的你會這麼做？不可能。」

「隨便你怎麼解釋都無所謂，」野宮拿起帳單站起身。「總之，我不想再和你私下見面了。今天我請客。」

野宮說完，轉身離開。松永聽著背後傳來收銀店員響亮的招呼聲、打開拉門的聲音和關門聲。

松永坐著一動也不動，走過來收拾的店員訝異地問：

「請問我可以收了嗎？」

松永不發一語地走了出去。熙來攘往的大馬路上，已經不見野宮的身影。

昨天和今天，松永都在家裡喝酒。幸好這兩天是週末，但如果繼續喝下去，會影響明天的工作。

松永走回客廳，撿起地上的空罐，丟進專門用來放瓶瓶罐罐的垃圾桶。真蠢，都這種時候了，竟然還會想到工作和垃圾分類。

「松永，這樣不行啦，空罐如果不沖一下很容易長蟲子。」

他回想起野宮站在流理台前仔細清洗海底雞空罐的身影。和妻子離婚多年的野宮也會做家事，曾經多次在松永家一起下廚，一起吃飯，一起洗碗。

如果只是上床的對象，會一起做這種事嗎？

松永獨自站在廚房輕聲笑了起來。

野宮在居酒屋說的話絕非出於真心，一定是考慮到松永的升遷、結婚和將來這些無聊的事，決定「退出」。現在連演歌界也不流行「退出」這種事了，但生性耿直的野宮很可能會這麼想。

「真是保守老派的大叔。」

沒錯。松永心裡很清楚。

野宮的言談舉止總是為了可以隨身抽身。但並不是為了自己，而是讓松永可以從他身邊抽身離開。他似乎決定和松永之間保持一定的距離，讓他隨時可以自由飛翔，不會產生任何罪惡感，也不會有任何後遺症。

「愚蠢又膽小的大叔。」

他為什麼不願相信我的感情？就因為人到了中年？就因為和我之間有年齡差距？為什麼認定自己是不值得愛的動物呢？松永眨了眨眼睛，避免視線變得模糊。他看著牆上的時鐘。星期天晚上。八點半。

野宮像往常一樣，獨自喝著酒，看大河連續劇嗎？還是數著沒有人坐的椅子，坐在偌大的餐桌旁看報紙？

松永終於再也無法克制，抓起皮夾和手機。

他不想繼續猶豫、繼續遲疑了。

野宮不是說，隨便我怎麼解釋都無所謂嗎？那我就這麼做吧。

他匆匆鎖上門，衝出公寓，伸手攔下路過的計程車。

「我之前已經說過，不再和你見面了。」

對講機中傳來野宮的聲音，很輕、很模糊。

「那只是你說的，」松永努力表現出強勢的態度。「至少最後讓我當著你的面臭罵你一頓吧。」

等了一會兒，對講機另一端仍保持著沉默，但可以感受到野宮在室內的動靜漸漸靠近，松永知道他正在門內觀察自己的動靜。

松永稍微提高了音量。

「如果你無論如何都不開門，我也可以在這裡說。」

自己為什麼會做這種事？簡直就像是搞不清楚狀況的惡劣跟蹤狂。松永雖然這麼想，但眼前的當務之急，是要讓天照大神趕快打開天岩戶。

野宮略帶遲疑地打開門鍊，然後轉動門鎖。松永立刻打開門，野宮來到走廊上。松永摟著他，把他推回房間，成功地進入室內。

松永反手關上門，被他摟著的野宮抬頭看著他，眼眶有點紅。松永鬆開摟在野宮腰上的手，靠在門上，和他保持一段距離，避免他感到害怕。

「你在哭嗎？」

「怎麼可能？我為什麼要哭？」

「是喔。」

松永看向野宮身後走廊盡頭的客廳。電視關著。

所以剛才在看報紙嗎？松永脫下鞋子，輕輕拉起野宮的手臂，準備走向客廳。他遲疑了一下，最後沒有鎖上門。松永試圖讓野宮知道，如果他不願意想要逃走，隨時都可以逃走。

松永猜錯了，客廳的桌子上沒有報紙，他瞄了一眼廚房，流理台也是乾的。難道他從星期五晚上到現在，什麼都沒吃嗎？站在桌子旁的野宮痛苦地垂著雙眼。

松永內心同時湧起喜悅和「好可憐」的心情。

如果你因為和我分手而感到痛苦，我覺得很高興；如果你覺得我上門痛罵是理所當然，因為心灰意冷和哀傷而畏縮，我覺得你「好可憐」，固然傲慢，但我更高興。

「坐下吧。」

松永像在自己家裡一樣請野宮坐下。看到野宮拉開手邊的椅子後，松永在離門最遠的椅子上坐下。

「我接下來要說的事，如果是我誤會，你可以叫我『滾出去』，也可以起身離開。只要看到你離開，我就會乖乖回家，從此之後，絕對不會再糾纏著你，也不會再打擾你。可以嗎？」

松永靜靜地說道。野宮有點不知所措，但還是點了點頭。

「你是不是為了我著想，所以才故意提分手？」

「不是。」

「是喔，所以全都是真心話嗎？你覺得對方是一個強人所難的傢伙，甚至無法分辨對方到底是喜歡自己，還是為了性慾和自己上床，即使你說的那番話會傷害對方也無所謂。你是因為這樣，所以才會說那些話，對嗎？」

野宮微微點點頭作為回答。

「好吧。那我就不再顧慮你的心情了，我想做什麼就做什麼！」

野宮低著頭，肩膀微微顫抖，不發一語。

「怎麼了？為什麼不趕快叫我滾出去？你也可以逃走啊。」

「只要能夠讓你消氣，」野宮低著頭說：「你可以打我，也可以痛罵我，但我希望你和我分手。」

一滴水滴落在野宮放在桌子上的手上，野宮輕輕把手挪到腿上，不讓松永看到。

真受不了他。

松永站起身來，繞過桌子走向野宮，低頭看著他混雜著些許白髮的髮絲。當他伸出手時，野宮大概以為松永要毆打他，所以用力閉上眼睛、繃緊了身體。

真是個傻瓜。松永緩緩摟住野宮的身體。我怎麼可能傷害你？

「請你和我在一起，直到我消氣為止。」

松永拋開了對野宮的體諒，說出了自己的心願。他緊緊抱著微微移動身體的野宮，把下巴抵在他的肩上說：

「也許你很在意和我之間的年齡差異，或是我們都是男人這件事。但老實說，這些事根本無關緊要。」

「怎麼可能無關緊要？」

野宮反駁道。他張開手臂，想要推開松永。

「當然無關緊要。以平均壽命來說，你還能活二十多年，這點時間留給我只不過是屁大的事。」

「屁、屁？」野宮似乎被松永的粗魯嚇到而忘了掙扎，他看著松永。「你這麼說也太沒禮貌了吧？」

「二十年的時間轉眼之間就過去了。」

松永和野宮四目相接，相視而笑。「在你離開之後的三十年，我會愛上其他人，繼續過日子。事情就這麼簡單，請你想得輕鬆點。」

「這根本是歪理。」

「隨你怎麼說，我不要再對你有所顧慮，因為你已經走過了平均壽命的折返點了，不要再浪費時間了。」

野宮在他的臂彎中顫抖。松永低頭一看，發現野宮在笑。

「我下了多大的決心，演出那麼一齣爛戲。你真是個傻瓜。」

「我才想這麼說呢！」

松永感受著野宮輕撫自己後背的手散發出的溫度，忍不住笑了起來。「野宮先生，我之前不是說，『你是我所有的愛』嗎？還說『如果沒有你，我就會變成野獸』嗎？」

「嗯。」野宮紅著臉，微微點點頭。松永感受到野宮的體溫上升，但並沒有說出口，只是更用力地擁抱他。

「那或許並不完全正確，你並不是我所有的愛，而是你讓我知道，愛是什麼，這種感情可能在哪裡沉睡著，而激發出我的這些感情的是你。所以，即使失去了你，我內心的愛可能也不會消失。」

這個世界上，到底有幾個人能在別人的內心點亮不會消逝的愛情之光？

「如果我讓你瞭解了愛在何處，」野宮靜靜地、坦誠地表達了內心的想法。「我真的很高興。」

他們深情擁吻，倒在地上纏綿時，松永突然坐起身來。

「等一下？」

「怎麼了？幹嘛突然停下來？」

「玄關的門沒鎖。」

「你真的很搞不清楚狀況。」野宮嘆著氣，鬆開了放在松永肩上的手。「快去鎖吧。」

「你不要動，絕對不准走開喔。」松永再三叮嚀著走向玄關，野宮面帶微笑看著他。

你剛才根本不必想太多，直接把門鎖上就是了。因為房間裡的這個男人根本無法離開你身邊。

☆　☆　☆　☆　☆　☆

沒想到本間課長繼夏季動漫市之後，又看了冬季動漫市的新書。這簡直是莫大的屈辱和羞恥。

看到課長快要翻到最後的激情場景時，幸代急忙逃去西館。

連結東館和西館的通道和電扶梯嚴重阻塞，比盛夏的豐島園遊樂園游泳池、比曾經創下最高人數紀錄的澀谷行人專用時相路口更擁擠。疏導人潮的工作人員都是義務來動漫市幫忙的志工，他們聲嘶力竭地大喊著：「不要奔跑。」「電扶梯上請不要推擠，分成兩排慢慢前進。」

幸代搭上電扶梯，就像從漏斗滴落的水滴一樣，終於來到西館。

英里子在「月間企劃」的攤位忙著接待客人。幸代和她打了招呼後加入，之後直到中午都一直站著賣同人誌，幾乎沒有時間聊天。

客人的人潮減少，稍微鬆了一口氣後，她們輪流去買書。當幸代抱著戰利品回到攤位時，發現英里子邊顧著攤位邊看《薩里梅尼的女神》。

「喂，妳為什麼會有地下版社史？」

「課長先生說：『送妳一本留作紀念吧。』」

「紀念什麼？」

幸代坐在英里子身旁的鐵管椅上，把戰利品塞在長桌子下方。「妳擅自把我的影印本賣給課長，害我一大早就冷汗直流。」

「有什麼關係嘛！製作同人誌的樂趣，不就是相互分享作品，促進交流嗎？」

英里子坐在鐵管椅上，動作優雅地舉起了地下版社史。「這很有趣呢。幸代，是妳寫的吧？」

英里子翻開的那一頁上寫著：

「獨家取得！這就是薩里梅尼女神寫的小說！註：是真跡喲☆」

「妳怎麼知道？」

「當然知道啊，這完全是妳寫的文章。」英里子笑著說，「而且，特別註明『是真跡喲☆』也很可疑。」

「這我就有話要說了，那是後輩晃子慫恿我寫的喔。」

「好、好。」英里子敷衍著，再度低頭讀著地下版社史。

☆ ☆ ☆ ☆ ☆ ☆

「你們放開魯潘嘉！」

站在懸崖邊的烏娜手握刀子，對著村民說。魯潘嘉當海盜的掠奪行為為村莊帶來財富，但當政府軍出現時，村民卻翻臉不認人，把魯潘嘉綁了起來。烏娜不允許這種事發生。

「政府軍的隊長不是想要我嗎？他不是想要有著金色眼睛的我嗎？既然這樣，就放開魯潘嘉，把我帶去交給隊長。」

村民不知所措地議論紛紛。辛歌嬸緊握雙手，觀察著事態的發展。

「烏娜，別亂來！」

被繩子綁住，全身遍體鱗傷的魯潘嘉呻吟著說道：「妳別管我，趕快逃啊！」

烏娜不理會魯潘嘉說的話，繼續說道：

「如果你們不放開魯潘嘉，我就在這裡挖掉自己的眼睛。隊長一定會大發雷霆，把整個村莊都燒毀。到時候你們怎麼辦？」

辛歌嬸終於忍不住大喊：「夠了！」

她用切肉的刀子割斷綁住魯潘嘉的繩子。

「烏娜是我們在這個村莊養育長大的孩子，魯潘嘉也為這個村莊帶來很多財富。這次就放過魯潘嘉，讓烏娜去政府軍的大官那裡自由自在地過日子，這樣就沒問題了吧？」

趕快走吧。辛歌嬸扶著魯潘嘉站起來。村民充滿戒備地看著魯潘嘉和烏娜，似乎還沒決定該怎麼做。

烏娜緊緊抱著蹣跚地走向她的魯潘嘉。

「魯潘嘉，即使我不在你身邊，你也不要每天喝酒澆愁，好嗎？」

背後是懸崖，村民圍成半圓形包圍了他們。他們無處可逃，為了讓魯潘嘉活下來，烏娜只能犧牲自己。但是，她並不後悔。因為對烏娜來說，沒有比魯潘嘉的生命更重要的東西。想到魯潘嘉搭乘著塞・頓・恩謝克，精神抖擻地在海上出沒，就可以忍受離別的痛苦了。

「請代我向船上的人問好，請他們在航海期間多吃點蘋果，還有，還有……」

烏娜泣不成聲。海鳥在高空啼叫，遠處彷彿傳來了汽笛聲。那是兩人再熟悉不過的塞・頓・恩謝克號汽笛聲。

「烏娜，」魯潘嘉低聲對她說：「即使再也無法回到這個村莊，無法過政府軍隊長提供的奢侈生活，妳也無怨無悔嗎？」

「魯潘嘉，你在說什麼？」烏娜驚訝地抬起頭，「那當然啊！我就算死也要和你在一起。

但因為這個願望可能很難達成，所以至少希望你可以活下去。」
「好！」魯潘嘉說：「雖然或許會沒命，但我們一起走！」
魯潘嘉牽起烏娜的手，突然跑向懸崖。村民驚慌失措地追趕上來。
魯潘嘉在懸崖邊停下腳步，回頭看著村民說：
「海盜魯潘嘉和烏娜就死在這裡！請你們轉告政府軍，叫他們好好尋找我們被海浪捲走的屍體吧。」
下一剎那，烏娜和魯潘嘉從懸崖上縱身一跳。烏娜金色的雙眸看到辛歌嬸發出的驚呼，看到了藍色的天空，看到了越來越近的海面，看到塞・頓・恩謝克從海平面遠方緩緩駛來。
魯潘嘉在墜落的同時，緊緊抱住了烏娜。烏娜可以聽到他的心跳聲，她緊緊摟住魯潘嘉的脖子。
「魯潘嘉，我們永遠在一起，一起去天涯海角。」
我們要去一個沒有人能再利用我們，也沒有人會因為你是海盜而嫌惡的地方。
魯潘嘉和烏娜相視而笑，朝向自由的大海，墜落向接近永遠的瞬間。

☆　☆　☆　☆　☆

帕洛總統和花世被逐出薩里梅尼，只能遠渡重洋到異國生活。想到他們兩人，幸代自然而然地想出這個故事。

「妳寫的故事太浪漫了。」

英里子笑得花枝亂顫。

「啊！我要去社編室的社團看一下。」

幸代坐立難安，離開了「月間企劃」的攤位。

兩個攤位都有人在看幸代的小說，無論在哪裡都心神不寧。今年的冬季動漫市就在她東館、西館兩邊跑中結束了。當一天結束時，比起肉體的疲勞，她的精神更感到極度疲勞。

地下版社史賣出十一本，包含本間課長送給英里子的那一本在內，總共十二本。社編室是新社團，也沒有做任何宣傳，第一次參加冬季動漫市，發行了毫不起眼的同人誌。有十二個人願意看，幸代覺得已經算是了不起的成績了。

但本間課長很失望。

「只賣了十二本而已，早知道乾脆站在通道上，免費發給大家看。」

「主辦單位禁止這種行為。」幸代開始偏頭痛，揉著太陽穴。「第一次參加的社團，能夠有這樣的成績已經很不錯了。反正明年一月十一日才是關鍵，等到那一天，再盡情發給員工和客戶也不遲。」

「我原本打算用今天賣書的錢去吃烤肉慶功。」

幸代安撫著仍然嘀嘀咕咕的課長，在下午三點離開展場。大家分頭把沒有賣完的地下版社史帶回家。帶來的一百本中只少了十二本，重量根本沒有減輕。

本間課長和幽靈部長說要直接回家，課長心情沉重地說：「因為要回太太的娘家。」幽靈部長的太太似乎指派他回家擦窗戶。

矢田和晃子打算去台場逛街，幸代眼尖地看到他們兩個人手牽手離開東館。

「啊，只有我還是老樣子。新年怎麼辦呢？」

幸代在有樂町的樂樂亭抱怨著，正在吃煎餃的英里子安慰她說：

「平淡的日子才最好，這是平安最好的證明。」

走出樂樂亭，大樓的燈光和路上車輛排出的廢氣都變少了。冬天的星座在夜空中閃爍。

雖然年底總是忙碌不已，但幸代很喜歡都市的清澈空氣。

「新年快樂！」

也許洋平已經回到家了。喝了紹興酒後發熱的身體萌生了預感。

雖然身上背著沉重的包包，但幸代忍不住加快回家的腳步。

「啊！累死了累死了。」

幸代拎著行李回到自己住的地方。旅行袋裡裝著最低限度的換洗衣服，和母親硬塞給自己的年糕。

正月三日的商店街還有很多店家拉下鐵捲門。在飄著薄雲的午後天空下，幸代沿著冷清的街道回到自己的家。

預感通常都不準。

幸代帶著洋平也許會回家的期待，在家裡一直等到十二月三十一日傍晚，然後終於敵不過母親連番的電話攻勢，在紅白歌唱大賽即將開始的時間才搭上電車回老家。

和父母一起過新年，飯來張口、茶來伸手的生活很輕鬆，但也很不自在。新年參拜時，母親為她買了「結緣」的護身符，她看到父親在生肖繪馬上寫了「幸代　良緣」。父母似乎已經不甘於只是兜著圈子催促她結婚而已了。

但拜託神明是什麼意思？難道他們認為我結婚這件事已經無法靠人力實現了嗎？我還不到需要父母發愁的年紀，也並不覺得非結婚不可，更何況我還有洋平這個如假包換的男朋友。

只不過他出門旅行還沒回來。

幸代獨自空虛地笑著，拖著緩慢的步伐走上公寓階梯，用鑰匙打開門，走進玄關。

室內很溫暖，瀰漫著鹹年糕湯的味道。不知道為什麼，屋內還傳來用研磨棒磨芝麻的聲音。

「喔，妳回來了。」

客廳的拉門被打開，洋平露出輕鬆的笑容迎接她。他手上拿著一根奇怪的木棒，上面有雕刻的圖案。

「我回來了。」

因為太出乎意料，幸代一時無法接受洋平在家這個事實。她放下行李坐下時，內心才湧現一堆疑問。

「我應該要對你說『你回來了』啊。」

「嗯，我回來了。」

「你什麼時候回來的？這次去了哪裡？你手上拿的是什麼？」
洋平面前放了一塊凹凸不平、像洗衣板的東西。他剛剛正用手上的木棒在上面摩擦。
「喔！這是特克瑪。」
洋平斜斜地舉起木板，讓幸代看得更清楚，「在演奏名為特克名的音樂時所使用的樂器。」
特克名。好像在哪裡聽過這個名字。幸代搜尋著記憶。
「我昨天回來的。」
洋平在說話的同時，用木棒在名叫特克瑪的木板上迅速摩擦，發出嘎哩嘎哩的噪音。
「我看妳好像回老家了，所以就想一個人來過新年，我只煮了鹹年糕湯，還有剩一些，妳要不要吃？肚子餓了嗎？」
「嗯。」
嘎哩嘎哩的聲音太吵了，幸代無法順利回想。她從行李袋裡拿出年糕，洋平停止演奏特克名（幸代只覺得吵，那真的稱得上演奏嗎？），走到廚房。
烤箱發出「叮」的聲音，年糕烤好了。幸代搜尋記憶的作業也同時完成了。
對了！之前好像是從熊井口中聽說過「特克名」這個詞。
「洋平！」
「怎麼了？」
洋平拿了兩個裝了鹹年糕湯的大碗走回客廳。「因為現在不是吃飯的時間，所以我只放了一塊年糕。」

「我開動了。」幸代吃著鹹年糕湯，坐直了身體說：「不，我不是問這件事。你去了薩里梅尼嗎？」

「也去了印尼，但大部分的時間都在薩里梅尼。對了，我在首都梅尼塔的二手商店兼二手書店看到了很驚人的東西。」

洋平把放在房間角落的背包拉過來，「我買回來，打算給妳當紀念品。」

該不會？幸代探出身體，盯著洋平在背包裡翻找的手。那家店該不會有賣薩里梅尼女神親筆寫的稿子？如果是連續劇，通常會有這樣的巧合。

「這個，給妳。」沒想到洋平遞給她一個茶褐色像碗一樣的東西。幸代大失所望，用平淡的語氣問：

「這是什麼？」

「這也是特克瑪。」洋平面帶笑容地說：「用椰子殼做的。」

幸代接過碗，發現比想像中更輕。碗的內側畫了細膩的畫，有交錯的藤蔓、椰子葉，還有扶桑花，色彩也很鮮豔。

「妳看這裡，」洋平指著繪畫的中心，「不是畫了月牙和四顆星星嗎？這個特克瑪很舊，做工也很精細，我覺得搞不好是以前總統官邸使用的。不過只是我的想像而已。」

洋平說完，獨自笑了起來。

「因為妳先前對薩里梅尼以前的國旗很感興趣。」

「謝謝。」

幸代忘記了前一刻的失望，真誠地向他道謝。得知洋平在旅行期間並不是完全沒有想到自己，她暗自感到高興。

吃完鹹年糕湯，洋平顯得坐立難安。

「呃，妳有沒有收到明信片？」

「收到了，但那句話是什麼意思？」

「啊？我表達了我的決心，妳竟然看不懂？」

誰看得懂啊？如果這個世界上有人知道「想成為風箏的斷線」代表什麼決心，還真想要見識一下。

「我的意思是，」洋平嚴肅地說，「只要循著掉落在地面的風箏線，就會知道風箏是在哪裡斷掉的。」

「也許吧。」

幸代不太清楚話題的走向，不置可否地點了點頭。

「雖然我以後也會像風箏一樣出門旅行，但會留下風箏線作為路標。當妳感到不安時，就可以立刻找到。我想成為這種風箏線！」

「呃……，」幸代偏著頭問：「你的意思是說『以後出門旅行時，會告訴我去哪裡』嗎？」

「沒錯沒錯。」洋平一臉得意，好像在問：「我得出的結論怎麼樣？」

「你腦筋有問題嗎！」幸代大吼道，「即使循著風箏線去找，風箏不是已經斷了嗎？所以根本無法保證你還在那裡啊。斷了線的風箏可能會被風吹到意想不到的地方啊，那時候該怎麼辦？」

「喔！妳說的有道理。」

「你的比喻有漏洞。」

噗克噗克噗克。幸代用筷子尾端敲著椰子殼。

「幸代，妳敲的節奏很棒喔。」

洋平也拿起木棒，在洗衣板上摩擦起來。嘎哩嘎哩。噗克噗克。兩個人一起演奏著特克名。

「我知道了。」過了一會兒，洋平開口說道。「我這個風箏，在風箏線斷了之後，就會馬上掉落在原地。我決定成為這樣的風箏。所以，妳可以循著風箏線找到我，妳一定可以循線找到我，怎麼樣？」

幸代雖然沒有回答，但心裡又想：「你腦筋有問題嗎？」結婚無望了，洋平似乎無意停止旅行。

但她又覺得這樣也沒什麼不好，無論洋平去地球的哪一個角落，都有風箏線把他們連在一起。只要稍微拉扯風箏線，震動就會越過沙漠，越過山脈，傳達給對方，就像紙杯電話一樣，只要豎起耳朵，對方的聲音就會傳到內心。

而且，洋平終究會回家。他一定會循著線，回到有我在的地方。

和之前沒有任何改變。

除此以外，到底還需要什麼關係？

平淡的日子才最好。幸代想起英里子的話。言之有理。幸代露出微笑。

「你在薩里梅尼做什麼？」

幸代問道，洋平開心地說了起來。

「我在叢林裡散步，學習特克名，在鄉下的海岸發呆。我和螃蟹罐頭工廠的大叔成為好朋友，也去幫他的忙。我挖了五十輩子也吃不完的螃蟹肉。」

「你只挖螃蟹肉，沒吃嗎？」

「很遺憾，因為那些是商品。」

在樓下的住戶抗議「像木魚的聲音吵死了」之前，幸代和洋平分別敲著、摩著特克瑪，聊著洋平不在家這段時間發生的事。

十三、

「呃……，我們社史編纂室、努力多年的社史，呃……終於能夠順利交到各位手上，呃……真的倍感榮幸。呃……這也多虧了各位的大力相助。呃……所以在此深表感激。」

本間課長在星間商事株式會社總公司的大會議室內，對著整排的董事致詞。他說得結結巴巴，就像司機在開車時亂踩煞車。

照理來說，應該由社編室的負責人幽靈部長致詞，但幽靈部長推辭說：「我之前都在聖保羅看足球，還是由本間致詞比較好。」

幽靈部長巧妙地逃避了令人緊張的儀式，把責任推給本間課長。

幸代被派去監視課長。雖然她一再表示：「我根本不想去。」但矢田和晃子都不正眼看她。課長獨自前往這種場合的確令人不安，所以她只好陪著課長一起來到大會議室。

今天雖然是公司創立紀念日，但並不是重要的年份，所以並沒有舉行典禮，只是在董事會上發表已經完成的社史。幸代在內心激勵課長：「振作一點！」同時面帶微笑，把社史發給公司的高層。

幸代他們在製作正規社史時也沒有馬虎。晃子建議用公司所在地被燒成一片荒地照片當封面的方案，因為過不了柳澤那一關而作罷，但在青木的大力協助下，封面上的總公司大樓照片看起來比實際壯觀好幾倍，整體設計新潮卻不失溫馨。

矢田的執著也得到了良好的結果，彩頁都很充實。矢田不惜使用了把假照片給柳澤審批的賤招，實際送給印刷廠印製彩頁的都是「媲美韓流明星的胸像」、「不知道怎麼會出現在本館廁所洗手台上的董事長獎鋼筆（造假）」、「員工食堂的『今日特餐』（食堂大嬸手寫版，但仔細一看，寫在星間商事特製稿紙上）」等照片。

文章當然也毫不遜色。因為很有實力的撰稿人負責文字，所以採訪星間商事退休員工的內容都很生動，令人彷彿身臨其境，置身當年。唯一可惜的是，在「星間商事的沿革」中，無法提到「薩里梅尼」這個名字，但幸代還是想到了可以躲過柳澤審核的方法。她把年表頁的字縮得很小。雖然柳澤專董風流倜儻，但終究敵不過老花眼。這個作戰方案成功了，在年表上到處可以看到「薩里梅尼分公司成立」、「在薩里梅尼和同業其他公司的外派人員為了爭取訂單，展開了激烈的商戰」、「著手薩里梅尼首都梅尼塔的飯店建設」之類的內容。

社史編纂室的成員共同完成的社史終於公諸於世了。幸代深有感慨地看著董事室。

「我聽說了奇妙的傳聞，」柳澤專董翻著社史說道：「除了正規的社史以外，還有其他的版本。」

「呃嗚。」

本間課長發出呻吟，冷汗直流。幸代代替本間課長應戰。

「這我們就不太清楚了。專董，您說的『正規社史以外的其他版本』，到底寫了些什麼？」

「我沒有看過，所以也不知道。」

「啊呀！原來是這樣。」幸代發出「呵呵呵」的笑容。晃子，分我一點女人的魅力！

「所以只是傳聞而已。如果真有其他版本的社史，也不必擔心，只有我們社史編纂室製作的社史，才是星間商事株式會社的正式社史。」

「沒錯。」和熊井交情甚篤的小林常董開了口，「社史編纂室製作的才是星間的社史，雖然這是理所當然，但這種說法沒錯吧？」

「沒錯啊。」

和小林同屬一個派系的稻田社長輕鬆地回答。他正好奇地看著彩頁上的「胸像照片（閃亮版）」。還真是悠哉啊。

來自企劃部門的副社長磯村看了看小林，又看了看柳澤，最後決定追隨社長稻田，點了點頭。

太好了。幸代偷偷握起拳頭。地下版社史的版權頁上寫著「編輯・發行　星間商事株式會社社史編纂室」。剛才公司高層已經說出了重要證詞，即使日後地下版社史曝光，他們也無話可說了。

負責做記錄的祕書有沒有把他們剛才的發言記錄下來？

「感謝各位同意社史編纂室製作的社史是星間的社史。」

幸代再度確認後，催著本間課長走出會議室。

「且勿走！」

柳澤嚴厲的叫住他們。哇噢，現實生活中第一次聽到有人說「且勿走」這種話。幸代拚命忍住笑意，轉頭看向柳澤。

「既然社史已經完成，社史編纂室也會解散。人事部門很快會發出人事異動的通知，請各位期待。」

幸代更恭敬地鞠了個躬，關上了會議室的門。

工作能力不比別人差，有自己的興趣愛好，況且自己原本就不想出人頭地。

對這種人來說，無論被踢到哪裡都沒什麼可怕的。柳澤可能搞不懂這件事。婚事接受上司推薦的人選，卻和年輕祕書搞七捻三，至今仍然在升遷的道路上邁進的柳澤專董，當然不可能瞭解這種事。

幸代覺得他有點可憐。

「又闖禍了。」

課長在走廊上拚命擦著汗。他既覺得有點害怕，又感受著爽快的成就感。

回到社史編纂室，晃子和幽靈部長趴在桌上，矢田則躺在沙發上。

這也難怪。因為社史編纂室的成員連續兩天熬夜把地下版社史夾進正規版社史裡。矢田開著自己的車子，載著地下版社史先去了位在品川的印刷廠倉庫，社編室成員全體總動員，把地下版社史一本一本用橡皮圈固定在剛印刷完成的正規社史內。

幸代和晃子中途從倉庫回到社編室，製作和列印姓名貼紙。因為要寄送給客戶、子公司、想要購買社史的退休員工、主要圖書館和大學等，總共要寄出將近一千份。晃子的手指像鋼琴名家般，迅速在電腦鍵盤上打出收件人的地址，社史編纂室的老舊列印機發出將死的喘息，吐出大量姓名貼紙。把貼紙和信封放在趕來迎接的矢田車上，再度回到倉庫。等候已久的本間課長和幽靈部長把貼紙貼在信封上。

把夾了地下版社史的正規社史裝進信封，送到郵局非營業時間寄送窗口時，已經是一月十一日的早晨了。社史編纂室每個人的指紋都磨平了，指腹變得異常光滑。

「薩里梅尼的真相終於不會被埋葬在黑暗中了。」

晃子從辦公桌上抬起頭，帶著神清氣爽的表情。

「事到如今，根本不可能全都收回來。如果下令如數回收，反而好像在說其中真的有鬼。」

矢田躺在沙發上露出奸詐的笑容。

「我已經在公司內各處都放了夾著地下版社史的正規社史，」幽靈部長捶著自己的肩膀說道，「別館的資料室、會客室的書架、入口的陳列區（那裡有「星間商事的沿革」的展示空間）、食堂大嬸的休息室。雖然不知道會經過若干年，但總有一天，會有人隨手拿起來翻閱，然後就會知道星間商事還有地下歷史。」

沒錯，記錄在紙上的回憶，會超越時空，傳達給後人，成為光輝燦爛的記憶結晶。不會燃燒殆盡，也不會被粉碎。

此時此刻，地下版社史已經透過郵差的手，送到了全國各地。星間商事所有員工的辦公桌上都有地下版社史，地下版社史在這棟大樓的許多角落、在圖書館昏暗的書架角落，靜靜地等待需要它們的那一刻。幸代想像著它們在這些角落發出的微光。

如同薩里梅尼夜空中的月亮和星星，雖然只是微弱的光，卻永遠不會消失。

公司方面很快就下達了人事異動的命令。

因為小林常董和稻田社長下達指示，晃子和矢田可以重回被貶到社編室之前的部門。不用說，這當然是熊井在背後發揮了作用。

「晃子回到總公司營業部一課（負責國內業務），矢田先生要擔任董事長祕書。」幸代看著貼在走廊上的人事命令。「到這裡為止都很合理，但為什麼我要被調去『資料室』！」

「沒事沒事，這樣不是很好嗎？」站在旁邊的幽靈部長安慰著幸代。「我五月就要退休了，還被調去博多分公司。不知道我老婆會怎麼挖苦我。」

「在資料室工作，就有很多時間寫同人誌了。」本間課長在背後說道。「川田，在我退休之前，我們可以繼續當同事呢。」

沒錯，問題就在於本間課長也被調到資料室。

社史編纂室解散後，辦公室將成為總務部堆放備用品的房間，幸代和本間課長必須搬去別館的資料室。在此之前，並沒有人常駐資料室，所以他們被派去「資料室」，等於是公司成立了一個新的部門（？）。工作內容是整理積滿灰塵的資料、協助公關室、接受公司內外的委託，在必要的時間找出必要的資料。總之，就是閒職，已經瀕臨被裁員的懸崖邊緣了。

「我才不想和課長單獨一個部門！」幸代不顧眾人的眼光，在走廊上大聲嚷嚷著。「既然這樣，我情願調回企劃部，讓我忙得沒時間製作同人誌！」

「妳又在逞強了，一旦恢復那種生活，妳又要整天抱怨了。」本間課長說。

「反正課長七月就退休了，之後妳可以一個人獨占資料室，只要稍微忍耐一陣子就好。」晃子說。

「晃子，妳簡直就是沒血沒淚啊。」幽靈部長說。

「川田，沒什麼好嘆氣的。從某種意義上來說，妳被派到了重要的部門。」

矢田一臉嚴肅地說。

「妳想一想，之後可能在重要的年份又會製作社史，到時候如果沒有人知道這次的製作方法怎麼辦？如果星間的資料佚失了怎麼辦？妳是掌握這家公司記錄和記憶部門的主角，責任很重大。」

「被你這麼一說，聽起來好像很威風。」

其實就是在暗無天日的資料室一直整理資料。這種人事命令顯然是製作地下版社史的懲罰。幸代馬上就開始抱怨。

「那是新成立的部門，工作內容不是都交給妳統籌嗎？妳可以在那裡為所欲為，反正妳不是很擅長嗎？」

矢田似乎發自內心地在激勵她。既然這樣，那就不跟公司客氣，乾脆來承包其他公司的社史編纂工作。幸代暗自打著算盤。

「離社編室解散的日子剩不到一星期了。」晃子揮起手臂，「那就來打掃社史編纂室和搬家吧。」

「好啊。」

社史編纂室的其他成員們意興闌珊地回答，跨著大步走在走廊上。因為是非工作調動季節貼出了人事命令，有些員工議論紛紛：「又是社編。」「終於解散了。」但幸代已經不在意這些閒言閒語了。

把社編室所有的書都搬到別館的資料室裡，整理桌子、拆掉書架。冬陽從睽違數年終於出現的窗戶，溫暖地灑進剛打掃過的社史編纂室的地板上。

以後再也沒機會和這些成員一起工作（也沒機會一起製作同人誌）了。幸代在工作時，忍不住覺得好寂寞。

社史編纂室轉眼間就變成了空房間，在隔天就要分別到各部門報到的那天晚上，他們終於舉行慶祝完成地下版社史的慶功宴。幸代提供包括之前臨時挪用的三萬圓在內的印刷費餘款。除了社編室的成員以外，還邀請熊井一起參加。地點當然在「星花」。幸代也邀請水間參加，但水間以「我很早睡」為由拒絕了。幸代寄了感謝信給水間，還同時附上正規版和地下版的社史以及馬卡龍，向興和印刷致謝。因為矢田堅決反對，所以沒有邀請設計師青木。

「大家都有酒了嗎？那就恕我僭越，由我帶領大家來乾杯。乾杯！」

「我對柳澤那傢伙說，『本間和川田都是公司需要的人才，既然這麼火大，就把他們派去資料室』。怎麼樣？這樣的安排是不是很巧妙？」

「砲王學長，幫我拿一下小毛巾，醬油灑出來了。」

「不要叫我砲王，我又沒打砲。」

「什麼？你們在交往，還沒有上床嗎？」

「我的意思是，除了晃子以外我沒找別人打砲啦。」

「啊喲！砲王學長，人家會害羞啦。」

這一桌人仍然雞同鴨講，在隔板隔開的餐桌旁大吃大喝。幸代忍不住嘆氣。

「各位辛苦了。」星花的老闆娘過來打招呼，「這是本店招待的。」

站在老闆娘身後的年輕服務生把一大盤豪華生魚片放在桌上。一陣歡呼後，筷子從四面八方伸了過來。

「阿正，怎麼樣？你在公司沒有給大家添麻煩吧？」

老闆娘溫柔地問本間課長，好像在對幼兒說話。

「啊呀，姑姑，沒事啦。」

課長毫不在意地回答，把裝了二十本地下版社史的紙袋交給老闆娘。「終於完成了。」

課長已經一把年紀了還這麼不中用，搞不好是因為老闆娘太寵他了。幸代看著他們的對話，暗自這麼想。老闆娘從紙袋裡拿出地下版社史，小聲地嘀咕：

「薩里尼梅的女神。」

然後充滿愛憐地輕輕撫摸封面。所有人都放下筷子，對著老闆娘鞠躬。老闆娘也和大家一起舉起酒杯，另一手還拿著地下版社史。

★　★　★　★　★　★

本間正、阿幸、小晃和陳平一身忍者裝扮站在碼頭。

不一會兒，聽到了汽笛聲。一艘大型木船從深夜的遠方駛來。

「喔咿！喔咿！」

本間情不自禁地向大船揮著手，奔跑起來。阿幸、小晃和陳平也跟在他身後。

船上的欄杆旁有一個人影。那正是被運輸船批發行「月間屋」送去異國的阿柚。被稱為「星之美人」的美貌依然如故，阿柚也帶著微笑向他們招手。

漫長顛沛的日子終於結束，阿柚終於回到故鄉。

本間擦拭著淚水，揮著手，好像在向船招手，向著黑暗寧靜的大海聲聲呼喚：「喔咿！喔咿！」

★　★　★　★　★　★

老闆娘看著本間課長的「自傳小說」頻頻點頭。

「真希望妹妹有朝一日也可以回來……。不，她一定會回來。」

她的嗓音很平靜。坐在桌旁的人想像著老闆娘內心的翻騰，也忍不住感傷起來。對老闆娘來說，地下版社史所寫的事並不是過去，也不是記憶的結晶，而是現在進行式。

幸代的手機響了。鈴聲讓大家回過神，本間課長向老闆娘敬酒說：「來，姑姑，再喝一杯。」其他人也再度開始吃吃喝喝。幸代拿著手機離開座位。

走出餐廳，她按下通話鍵。

「喔。幸代，是我。」

電話中傳來洋平輕鬆開朗的聲音。

「怎麼了?」

吐出了白色的氣。幸代的身體顫抖了一下。聽說今天是今年入冬以來最冷的日子。

「我想早一點告訴妳比較好。實咲寄了明信片給妳。」

洋平在電話中唸出明信片的內容:「呃……她說:『我收到英里子寄來的《薩里梅尼的女神》,我讀完了。幸代,妳成功了。我也打算開始寫新作品了。』」

不知道是不是喝了酒的關係,幸代覺得內心暖和起來。

「不要隨便看別人的信。」

「是明信片所以就看到了啊,有什麼辦法。妳那裡怎麼樣?」

「已經酒酣耳熱了。」

「是嗎?我明天一早要上班,洗完澡就先睡了喔。妳回來再自己把水加熱一下。」

「嗯。」

「單床可以嗎?」

「好啊。」

「好唷,那我幫妳暖被。」

幸代和洋平最近都合睡一床被子,他們稱之為「單床」,幾乎每天晚上都摟在一起睡覺。雖然一方面是為了取暖,但洋平回來之後,他們變得更恩愛了。

這番對話如果被別人聽到,會害羞得想死。

幸代不光內心溫暖，連臉頰都發燙了，她對著電話回答說：

「好，那就拜託了。」

啊。回家之後還有開心的事等著呢。洋平真的會先睡嗎？會不會醒來之後，一起躺在被子裡聊天？當然也不排斥有進一步的行為啦。

掛上電話，她拚命忍著笑抬起頭，看到晃子和本間課長趴在窗前看著自己。矢田拉著晃子的衣服，似乎在叫她別鬧了。幽靈部長和熊井在老闆娘的指導下，把蛋汁倒進鍋裡準備煮成雜炊鍋。

真是愉快的夜晚。幸代向晃子和課長揮手，打開餐廳的拉門。

當她跨進門檻時，回頭仰望夜空。星星在夜空中眨眼。等待黎明的薩里梅尼海岸，應該也掛著像銀弓般的月牙吧？

星間商事株式會社社史編纂室

2015年12月1日初版第一刷發行

作　　者　三浦紫苑
譯　　者　王蘊潔
編　　輯　黃嫣容
美術編輯　鄭佳容
發 行 人　TOHAN CORPORATION
　　　　　代表取締役社長　藤井武彥
發 行 所　台灣東販股份有限公司
　　　　　總經理　齋木祥行
　　　　　＜地址＞台北市南京東路4段130號2F-1
　　　　　＜電話＞(02)2577-8878
　　　　　＜傳真＞(02)2577-8896
　　　　　＜網址＞http://www.tohan.com.tw
郵撥帳號　1405049-4
新聞局登記字號　局版臺業字第4680號
法律顧問　蕭雄淋律師
總 經 銷　聯合發行股份有限公司
　　　　　＜電話＞(02)2917-8022

Printed in Taiwan
購買本書者，如遇缺頁或裝訂錯誤，
請寄回更換（海外地區除外）。

國家圖書館出版品預行編目資料

星間商事株式會社社史編纂室 / 三浦紫苑作 ; 王蘊潔譯. -- 初版. -- 臺北市 :臺灣東販, 2015.12
面； 公分
ISBN 978-986-331-890-3(平裝)

861.57　　104023141

TOHAN

本繁體中文版由TOHAN CORPORATION
委託台灣東販股份有限公司獨家發行